A MÃO DO DESERTO

Paulo Franchetti

A MÃO DO DESERTO

Ateliê Editorial

Copyright © 2021 Paulo Franchetti

Direitos reservados e protegidos pela Lei 9.610
de 19 de fevereiro de 1998.
É proibida a reprodução total ou parcial sem autorização,
por escrito, da editora.

Dados Internacionais de Catalogação na Publicação (CIP)
(Câmara Brasileira do Livro, SP, Brasil)

Franchetti, Paulo
   A Mão do Deserto / Paulo Franchetti. – 1. ed. –
Cotia, SP: Ateliê Editorial, 2021.

   ISBN 978-65-5580-041-8

   1. Literatura brasileira   I. Título.

21-71361   CDD-B869

Índices para catálogo sistemático:

1. Literatura brasileira   B869

Aline Graziele Benitez – Bibliotecária – CRB-1/3129

Direitos reservados à

ATELIÊ EDITORIAL
Estrada da Aldeia de Carapicuíba, 897
06709-300 – Granja Viana – Cotia – SP
Tel.: (11) 4702-5915
www.atelie.com.br | contato@atelie.com.br
facebook.com.br/atelieeditorial | blog.atelie.com.br

Printed in Brazil 2021
Foi feito depósito legal

Los meses y los días son viajeros de la eternidad. El año que se va y el que viene también son viajeros. Para aquellos que dejan flotar sus vidas a bordo de los barcos o envejecen conduciendo caballos, todos los días son viaje y su casa misma es viaje. Entre los antiguos, muchos murieron en plena ruta. A mí mismo, desde hace mucho, como girón de nube arrastrado por el viento, me turbaban pensamientos de vagabundeo.

MATSUO BASHÔ, *Sendas de Oku*, tradução
de Octavio Paz

SUMÁRIO

Capítulo 1 11
Capítulo 2 17
Capítulo 3 23
Capítulo 4 29
Capítulo 5 37
Capítulo 6 45
Capítulo 7 49
Capítulo 8 57
Capítulo 9 61
Capítulo 10 65
Capítulo 11 71
Capítulo 12 77
Capítulo 13 85
Capítulo 14 93
Capítulo 15 101
Capítulo 16 107
Capítulo 17 113

Capítulo 18 119

Capítulo 19 127

Capítulo 20 133

Capítulo 21 141

Capítulo 22 147

Capítulo 23 155

Capítulo 24 163

Capítulo 25 169

Capítulo 26 177

Capítulo 27 183

Capítulo 28 189

Capítulo 29 195

Capítulo 30 205

Capítulo 31 211

Capítulo 32 219

Capítulo 33 225

Capítulo 34 231

Capítulo 35 237

Capítulo 36 241

Agradecimentos 249

CAPÍTULO 1

Naquele meio de tarde, com a moto carregada, comecei a subida da montanha. Tinha parado numa tenda, ainda no planalto. Uma indígena me serviu um café, e no seu rosto havia o mesmo abandono que dava o tom do lugar. "Só a energia dessa placa", ela me disse, apontando vagamente para cima, quando lhe perguntei se havia luz e água. Ela mesma nem sempre passava a noite ali. Só quando seu companheiro não conseguia vir buscá-la.

Na frente da porta, um toldo gasto, quase transparente, ainda conseguia proteger do sol, que já não era forte. Sentei-me junto à mesa, com a caneca cheia, e fiquei olhando a paisagem. Havia pouco vento, mas de vez em quando uma língua de poeira se erguia do solo rochoso, lambendo tudo à sua volta. Uma poeira espessa, pesada.

Meu objetivo estava ainda a cerca de dez quilômetros, por uma estrada vazia e pedregosa, e só então pensei que tinha sido uma temeridade ter vindo até ali.

Meu destino de pernoite era Tilcara, uma vila que me pareceu agradável quando a vi em fotografias. Como saí bem cedo, fiz uma parada antes, em Purmamarca, para ver o Cerro de los Siete Colores. Mas não foi uma boa visita. Havia muitos ônibus e muitos carros, com gente de todo lugar do mundo. As ruazinhas de terra, ladeadas de bancas e lojas de recordações fervilhavam de turistas, assim como o local de onde se podia contemplar melhor o monte colorido.

Ao planejar a viagem, eu só tinha desejado uma coisa: ficar sozinho, com a minha moto, a maior parte do tempo. Portanto aquele acúmulo de carros, vans, ônibus e pessoas se acotovelando no miradouro fez com que eu me apressasse a deixar o lugar e rumasse logo para Tilcara, onde cheguei muito mais cedo do que tinha planejado.

A frustração da fuga apressada de Purmamarca, porém, continuava a incomodar. Por isso, depois de fazer um rápido tour pela cidade, quando já estava a caminho do meu alojamento, decidi, de súbito, visitar o Cerro de los Catorze Colores, pouco além de Humahuaca.

Como o dia avançava, para não perder tempo com *check in* e com descarregar a moto, interrompi a rota para o camping, no GPS, e selecionei o novo percurso.

E agora ali estava eu, terminando um café de sabor indistinto num descampado na base da montanha.

Pus a caneca sobre a mesa. Atravessei a cortina de fitas de plástico da tenda, entrei na obscuridade algo abafada e paguei a conta. A mulher me acompanhou até a porta, sem dizer nada.

Quando subi na moto, tive de fazer uma volta para rumar para a estrada. Passei bem perto da cadeira onde tinha estado há pouco, e dela, que me olhou com o mesmo olhar vazio com que me servira o café e não pareceu ter percebido que eu lhe dirigia um cumprimento de despedida.

Contra a expectativa nascida da visão do percurso desde baixo, a subida do último trecho não foi difícil. Não havia trânsito, o sol ainda estava alto e o GPS mostrava que eu ainda teria quase três horas antes do pôr do sol. Em pé sobre as pedaleiras, sentia que a roda traseira às vezes se movia em falso e que as pedras eram atiradas com força. A roda dianteira de vez em quando oscilava um pouco. Lembrei-me das lições de *off road* que tomei há tempos e não tentei firmá-la. Tampouco olhei para o chão próximo da roda, mas fixei a vista no horizonte da estrada, deixando à visão periférica o controle do mais imediato. E assim prossegui, para o alto. O barulho de pedras esfregadas umas contra as outras sob os pneus era desafiador e bom, e eu sentia, mais do que percebia de soslaio, aquela paisagem que ia se desdobrando cada vez mais, a perder de vista.

O ar era frio e eu sabia que logo ficaria muito mais frio. Em certo ponto parei à margem, desliguei a moto, tirei o capacete e fiquei ouvindo. A tenda onde tomei café era agora um ponto branco, ao lado de uma faixa clara que era a estrada de chão levemente arenoso. O vento passava facilmente através da balaclava e dava uma sensação agradável e contraditória de conforto. Fiquei ali, encostado na moto, com o olhar vagando livremente pelo vale e pela encosta das montanhas. Não senti de imediato a altitude. Em certo momento ouvi ruído de motor. Logo depois desceu a estrada ao meu lado uma caminhonete vermelha, com uma longa antena de rádio que se estendia ao largo da caçamba. Eu já tinha visto algumas e ainda veria outras. Creio que são de agências de turismo. Tinha os vidros escurecidos e não pude ver quem vinha dentro. Mesmo assim, ergui a mão em cumprimento e o motorista respondeu com um breve toque de buzina.

Depois que a caminhonete passou, retomei a subida, cruzando o ar cada vez mais rarefeito.

Numa curva quase no topo, quando a moto derrapou um pouco mais, tive de novo a sensação de fragilidade e desamparo que me invadiu em vários momentos da viagem, principalmente naqueles trechos onde não se vê ninguém, nem registro de habitação humana. Pensei no rastreador satelital cuja luz piscava através do bolso da jaqueta e me lembrei de ter lido que, poucos meses antes, alguém, num lugar tão deserto quanto aquele, caíra pela ribanceira, se quebrara todo e só fora resgatado por conta do rastreador. Foi um pensamento rápido, que ao mesmo tempo que aumentou a sensação de vulnerabilidade trouxe a complementar, porém inesperada e injustificada, confiança de que tudo correria bem.

Foi com esse pensamento vago, entre a consciência do perigo e a fé em alguma ajuda remota, que cheguei ao fim da estrada, no ponto mais alto da montanha.

O frio era mais intenso e o vento, embora não soprasse forte, encontrava logo a carne que se escondia atrás de cada fresta da jaqueta ou cada zíper exposto. Havia algumas pessoas ali: duas caminhonetes vermelhas, dois carros. Fiquei um tempo sobre a moto, buscando o melhor lugar para estacionar, tendo em vista a possível manobra dos carros. Mas assim que me decidi, vi que as caminhonetes se preparavam para partir.

Caminhei devagar até a mureta do mirante e senti que seria penoso qualquer movimento mais intenso. Sentei-me num dos bancos de madeira, tomei água, busquei uma barra de cereal.

Enquanto não tinha descido da moto, a altitude não se fizera sentir muito. Mas aqueles poucos passos me fizeram respirar com alguma ansiedade. Não tinha ainda tirado o capacete. Pareceu na hora um esforço desnecessário. Apenas me deixei ficar, invadido por uma agradável sonolência, enquanto contemplava, de um lado, as catorze cores que se alternavam no dorso da montanha, e, do outro, a estrada percorrida, que era agora uma linha sinuosa na planície, onde já não conseguia ver a tenda que deixara há pouco.

CAPÍTULO 2

Em 16 de janeiro de 2017, fui submetido a uma cirurgia do coração, que há tempos vinha fibrilando e às vezes ficava descompassado por cinco minutos, às vezes por várias horas. Não era uma oscilação regular, não se parecia com o gorgolejar sacolejante de uma Harley carburada em marcha-lenta. Era antes um corte de giro, seguido de uma aceleração brutal, que não conseguia manter-se, porque havia falhas repentinas, nem esmorecia gradativamente; em algum momento aquilo simplesmente parava, como um motor afogado, para logo se recuperar.

Minha mãe tinha falecido há quatro anos. Nas crises noturnas, dominava-me o terror de ficar como ela, sem voz, sem forças, por longo tempo até que tudo acabasse. Numa das últimas crises, já noite fechada, subi na motocicleta e rodei bastante no frio. Ia em alta velocidade, com o confuso pensamento de que, se fosse a hora, o melhor seria que eu estivesse numa motocicleta, quase no meu limite e no limite do motor. Não pelo romantismo da ideia de terminar a vida sobre duas rodas, mas pelo desejo tão desesperado quanto rasteiro de que assim eu jamais ficaria entrevado numa cama de hospital.

Depois disso, convenci-me a sofrer a cirurgia. Sei o que foi feito: desde um acesso na virilha, guiaram um cateter até a parte interior do coração e lá queimaram uma terminação nervosa, responsável pelo curto-circuito que desencadeava a crise de arritmia. Mas na verdade pouco me lembro daquela manhã. Apenas de dois momentos. O primeiro foi quando, ainda anestesiado, me sentei subitamente na mesa, em pleno procedimento, sob o choque do desfibrilador. Um velho amigo motociclista, que é médico, tinha ido comigo e assistia à operação desde fora do centro cirúrgico, atrás de uma divisória de vidro. Lembro-me de o ter visto, antes de outra vez desabar sobre a mesa. O segundo foi o do curativo no buraco na virilha, quando por um descuido do enfermeiro um jato grosso de sangue subiu em direção ao rosto dele.

Na sequência, naquele longo período de convalescença no qual tudo parece novo e mágico, comecei a tomar, além de um moderador de velocidade cardíaca, dois comprimidos diários de anticoagulante. A cirurgia não tinha resolvido tudo. O gatilho, por assim dizer, tinha sido eliminado. Mas a bala estava posicionada na frente da agulha e o cão estava armado: continuava vivo o potencial de dano aleatório causado por uma arritmia menor, como as que continuei a sentir e até hoje às vezes sinto a espaços durante o dia, ou quando o costume da autoconsciência cardíaca interrompe a madrugada.

Por conta disso, a opinião do médico era a de que a motocicleta deveria ser abolida. Assim como qualquer situação que pudesse provocar sangramento. Na verdade, eu sabia desde antes da cirurgia que pilotar não era aconselhável, porque o frio extremo, por exemplo, desencadeava a arritmia, assim como o pico de nervoso ou o cansaço acentuado.

Eu não tinha feito caso, entretanto. Agora era outra história: além de o coração não se ter resolvido inteiramente e restar aquela sombra, o remédio que me deveria proteger da perda da razão e do movimento era na verdade o portador de uma ameaça maior.

Dois anos passaram, durante os quais não apenas continuei a pilotar, mas deixei-me envolver de modo mais profundo pela paixão. Eu tinha me aposentado há pouco tempo, então pude viajar bastante com amigos ou só com a Val, minha mulher. A arritmia e o anticoagulante visitaram o deserto em Nevada e no Arizona e comigo percorreram a 66. Também desceram e subiram várias vezes a desejada Serra do Rio do Rastro, em Santa Catarina, e cortaram as montanhas de Minas em várias direções. Nessa época, eu já não integrava a diretoria do H.O.G. de Campinas – o grupo dos proprietários de Harley-Davidson. Tinha, portanto, também os finais de semana totalmente livres para aventuras improvisadas.

Em meados de 2019, uma série de exames mostrou-me que a condição era boa. Estável, com os remédios. Ou, olhando por outro ângulo, irreversível. Eu continuaria com a medicação. "Em time que está ganhando não se mexe", disse-me o médico. E quando lhe perguntei por quanto tempo eu tomaria o anticoagulante, ele riu e disse que até a partida terminar. O que, pensei, era uma forma curiosa de ganhar o jogo.

Há muitos anos ouvia falar do Deserto do Atacama. Não tinha tido grande interesse, entretanto. Talvez porque nunca me ocorresse a ideia de ir sozinho. Mas naquela tarde, quando saí do médico com uma nova receita de remédio e o laudo do Holter mostrando que, medicado, tudo parecia bem, decidi-me. E resolvi comprar imediatamente uma motocicleta adequada para aquele tipo de viagem.

Encontrei-a quase por acaso, dez dias depois, quando conversava com um amigo, numa tarde, num bar de motociclistas. Era uma pessoa cuidadosa, metódica. Tinha a moto que eu queria e estava mudando de marca. Fui na mesma tarde vê-la em sua casa e não precisei de um segundo olhar.

Nas semanas seguintes, ao mesmo tempo que a conhecia melhor, amassando barro e comendo poeira em trilhas e nas estradas vicinais, fui fazendo a lista dos equipamentos necessários que eu precisava adquirir. Por fim, encomendei, para trocar perto do momento da partida, os pneus corretos para o tipo de terreno a percorrer.

Era preciso esperar que o inverno terminasse. Estávamos em meados de junho. Eu tinha ainda, portanto, quase quatro meses para me preparar.

CAPÍTULO 3

E agora eu estava ali. Ou melhor, nós dois estávamos ali. Abaixei a balaclava, deixando o rosto livre. Com mais água e repouso, a sonolência foi diminuindo e desapareceu. Só então tirei o capacete. O vento gelado foi primeiro um alívio e um estímulo, mas logo começou a incomodar, vazando pela balaclava molhada de suor. Um casal se aproximou. Argentinos, de Mendoza. Perguntaram de onde eu vinha, se viajava sozinho. "Você é muito corajoso", me disse ela, num tom que mais parecia censura que elogio. Quando contei o provável roteiro de volta, deram-me alguma recomendação para os arredores de Mendoza. Praticamente só ela falava: Uspallata, Cacheuta, Potrerillos, vinícolas... O marido abanava a cabeça, como se concordasse com tudo, embora nada dissesse. Apenas olhava para a moto e para mim, repetidamente, enquanto ela falava. Ela ainda deu um jeito de perguntar outra vez se eu viajava sozinho, mas agora com uma melhor definição: se eu *sempre* viajava sozinho – e creio que teria esticado a conversa se o outro casal não gritasse para eles que era hora de partir. Ao se despedirem, o marido me estendeu a mão, com um olhar caloroso: "Buen viaje, amigo! Disfrutalo mucho!", e seguiu atrás dela, depois de olhar uma última vez para a moto empoeirada.

Quando se foram, caminhei até a beirada do barranco. O fôlego voltou a faltar brevemente quando apressei o passo. Parei, tomei mais água, e quando olhei o relógio vi que teria pela frente pouco mais de duas horas de sol.

Não há comparação entre o Cerro de los Siete Colores, em Purmamarca, e o que se vê na Serranía de Hornocal. O "morro das sete cores" é mesmo um morro, situado praticamente dentro da cidade. Para ter uma vista dele todo, que não é grande, é melhor subir a um mirante numa colina. O lugar, pelo que me disseram, é normalmente bastante cheio, como estava quando cheguei. Já o Cerro de los Catorze Colores, não é um morro, é uma serra, uma enorme encosta, num local isolado de tudo.

O Mirador está a 4 350 metros acima do nível do mar. É um dos topos de montanha. Entre ele e os paredões coloridos há um grande vale. Um cânion, na verdade. O ângulo de visão é amplo: para qualquer lado que se olhe, as faixas de coloração variada se amontoam umas sobre as outras, até subirem um pouco acima da linha dos olhos.

Dizer faixas não dá uma boa ideia do que são. Trata-se de escarpas pontudas, que se sucedem da mais próxima e mais baixa para a mais alta e mais distante, alternando cores. Quando se busca informação, fica-se sabendo que são várias camadas sedimentares, que se apresentam com esse aspecto por conta da erosão, que lhes vai dando aquelas formas caprichosas, serrilhadas, com vértices pontiagudos.

Devia ter chegado mais cedo, pensei, lamentando não poder me entregar mais tempo à contemplação, pois conforme o sol se movimenta o jogo de luz e sombra acentua a gradação das cores. Principalmente ao entardecer. Quem sabe se ficasse uma noite mais em Tilcara, para voltar no dia seguinte... Aí poderia seguir uma senda que partia do Mirador e baixava em direção ao vale, prometendo uma visão ainda mais arrebatadora da montanha colorida. E talvez fizesse isso, se não tivesse tentado em seguida fazer uma parte do percurso. Caminhei uns poucos metros, depois de descer do Mirador. Exatamente até onde me deparei com um aviso de que era perigoso andar ali naquela ribanceira, por conta do mal das alturas. Na verdade, nem seria necessário o aviso: o corpo já sinalizava a dificuldade de ir e a provável incapacidade de voltar. Por isso, com calma, regressei ao banco de onde me levantara, e aguardei passar. Se retornasse na manhã seguinte, seria a mesma coisa. Necessitaria de vários dias para me aclimatar...

Recomposto, fui, um passo depois de outro passo, como em câmara lenta, até a moto. Com calma, pus o capacete, puxei a balaclava para a frente do nariz e da boca, baixei a queixeira e finalmente, ainda sem pressa, subi. Conferi no GPS: pouco mais de uma hora até o pôr do sol. E comecei a regressar.

Descer sempre me parece mais complicado do que subir. Por isso fui com cuidado, aproveitando para ver o planalto a partir de cada volta da estrada. Em certo momento, tive de chegar muito perto do barranco, porque vinha outra daquelas caminhonetes vermelhas. Quando me viu, o motorista desacelerou. Mesmo assim os pneus jogavam pedras para os lados, e quando algumas caíram muito perto, percebi que tinha feito bem em me manter no limite da estrada, bem junto ao fim do acostamento, enquanto ela passava.

De certa forma, me senti melhor com aquele encontro, apesar do susto. O motorista certamente estava apressado porque em breve anoiteceria e os turistas queriam aproveitar a vista do morro colorido. Mas por isso mesmo eu sabia que ele logo ia retornar, o que me deu mais segurança para aumentar a velocidade, empurrado pelo confuso pensamento de que eu não estaria de fato sozinho se algo me acontecesse enquanto me expunha um pouco mais na ribanceira ou no caminho de volta.

Pela minha experiência, um dos principais encantos da motocicleta é que sobre ela há sempre uma zona de sobreposição entre o prazer e o perigo, entre a celebração da vida e a ameaça da morte. No fino equilíbrio entre a salvaguarda e o risco reside, quanto a mim, a essência da pilotagem e o seu encanto. Andar de moto aumentando demasiadamente o risco me parece tão excitante e insolente quanto idealizar ou ensaiar o suicídio apenas para melhor e mais longamente suportar a frustrante vida possível. Uma combinação de irresponsabilidade e autocomplacência. Por outro lado, tomar excessivas precauções, manter os sentidos fixados na busca do perigo que espreita em cada trecho, olhar para tudo como uma ameaça e um estorvo, é rota expressa para o tédio tenso, a dor no corpo e a indisposição com a moto ou com a estrada. Entre esses extremos se situa o prazer singular da motocicleta; e da constatação da dosagem adequada provém a alegre sensação de confiança que alimenta a viagem, fazendo o tempo passar rápido, principalmente quando se está sozinho. Por isso, embora eu não contasse e não quisesse contar de fato com nenhuma ajuda, a simples possibilidade dela tinha um efeito positivo: permitia imaginar outro patamar de equilíbrio e, portanto, aumentar a exposição ao risco, recompondo o meio-termo. Assim, depois que a caminhonete passou, acelerei e cheguei mais perto do limite das curvas da descida.

Quando baixei à planície, a estradinha de chão batido era, depois do cascalho da montanha, um convite ao excesso. A tenda da mulher estava fechada. O companheiro, aquele dia, tinha conseguido vir buscá-la. Percebi que me sentia bastante feliz com o dia e o trajeto. Em pé, quase gritando de alegria no meio daquela paisagem ampla e desolada, segui em velocidade até a pista, quando voltei ao ritmo de cruzeiro e tomei o caminho de volta.

CAPÍTULO 4

Quando eu tinha doze ou treze anos de idade, passava as férias e os finais de semana no sítio dos meus avós maternos, perto de Matão. Era uma família de comerciantes, que vivia de uma venda, a Casa Síria, localizada na beira de uma estrada vicinal. Num dos negócios do filho mais novo, coube-lhe em pagamento de dívida uma velha motocicleta avariada. Era uma BSA 250, fabricada no final dos anos 1940 ou começo dos anos 1950 e um pouco sofrida com a idade e a má conservação.

Meus tios conseguiram consertar quase tudo, menos uma coisa: a corrente do dínamo para carregar a bateria – ou o próprio dínamo, não estou seguro agora. Sei que quando a moto chegou não tinha corrente ligando as duas engrenagens, que ficavam expostas. Depois, alguma coisa foi improvisada, mas a bateria e o dínamo continuavam a não se entender. Por isso, inútil, a moto ficava encostada num canto do barracão onde também dormiam o caminhão e a caminhonete, e onde se abrigavam provisoriamente os animais arreados, em caso de chuva no meio do dia de trabalho.

Nos finais de semana, meu pai tirava a bateria da BSA, colocava-a no chão do Fusca e a carregava por algum tempo, com o motor funcionando. A carga dava para ir e voltar do terreiro da venda até perto da sede da fazenda dos ingleses, coisa de menos de dois quilômetros. Depois, era preciso recarregar.

No começo, rodei apenas no terreiro. Quando me aventurei pela estrada, acabei ficando sem bateria um pouco adiante das casas da colônia e tive de ser resgatado de caminhonete. E outras vezes, em pontos diversos. Por fim, aprendi a calcular exatamente o lugar do retorno, que era pouco antes do campo de futebol, junto a uma grande árvore seca. Ali a estrada era larga, eu fazia a volta e sabia que, mesmo que a bateria arriasse antes do terreiro, a descida até a porteira poderia ser feita por gravidade. Com o tempo, como a venda ficava num cruzamento, fui explorando outras direções e marcando outros pontos de retorno, sempre no limite da velha bateria.

A motocicleta inaugural não ficou, porém, muito tempo à disposição. Trocada com feijão, arroz ou milho para a venda, desapareceu em algum sítio das redondezas, onde deve ter enferrujado até as suas belas formas se perderem ou suas partes serem separadas. Ou talvez tenha, finalmente, sido arrumada. Muitos anos depois ainda andei em busca de seus rastros e cheguei a descobrir quem foi o seu primeiro possuidor depois de nós, que já não era vivo. E foi tudo.

Vêm estas lembranças aqui porque aquelas pequenas voltas na estrada de terra, cruzando os pastos, quando saltei diretamente da bicicleta para a BSA, estão na origem de uma paixão que nunca arrefeceu e que certamente continuará viva mesmo quando eu já não puder sustentar-me sobre duas rodas na estrada.

Depois dela vieram muitas, e a quase todas amei. Mas a sensação de triunfo e de autonomia que senti quando, descalço, sem camisa, consegui pela primeira vez sair sozinho do terreiro para a estrada, sentindo cheiro de óleo e gasolina entre vacas preguiçosas, que nem sempre saíam do caminho, é como um norte, um objetivo que, quando alcançado ou apenas pressentido, ainda agora enche meus olhos e meu coração de alegria. E por isso eu creio que em cada viagem ao longo da minha vida ecoaram sempre, em maior ou menor grau, aqueles momentos de epifania que por alguns meses se repetiram, sem que eu pensasse que pudessem terminar.

Era essa sensação, de retorno e de recuperação de uma experiência mágica, que me dominava quase sempre nos bons momentos, independente do estilo e da potência de cada sucessora.

Não é fácil explicar para quem nunca pilotou uma motocicleta em que consiste o prazer da integração com a máquina. Diferentemente de um automóvel, no qual a gente está como num sofá, mas contido entre traves de metal e placas de vidro, na moto a sensação é de estar solto no ar, precariamente agarrado a um objeto instável. No tempo da BSA, eu também fazia correrias sobre um velho pangaré que meu avô me dera de presente. E creio que havia algo em comum entre cavalgar e pilotar. Entretanto há algo profundamente diferente: a motocicleta não tem vontade própria, transforma-se muito mais facilmente numa extensão do corpo. E não tem senso de defesa, não consegue decidir, numa hora de perigo ou imprevisto, que caminho tomar para se manter em pé ou evitar um desastre.

O tornar-se uma extensão do corpo é talvez a principal diferença entre a moto e o automóvel, pois o corpo inteiro do piloto está envolvido na ação: suas duas mãos, os dois pés, os joelhos, a cabeça, os ombros, a cintura. Tem algo de dança: numa curva de baixa velocidade, a moto vai para um lado e o corpo para o outro; numa de alta, o corpo se adianta na inclinação e permanece deslocado para dentro até o traçado terminar. Mas a cabeça se esforça para estar na vertical. Em muito baixa velocidade, o guidão é como a direção de um carro: permite virar a roda no sentido da curva; já em média e alta velocidade, é o contrário: empurrá-lo para a esquerda faz a moto inclinar-se e virar para a direita; e vice-versa. É contraintuitivo, mas com o tempo aprendemos a forçar violentamente o guidão na direção contrária ao sentido da curva, quando a velocidade é muito alta ou a curva muito fechada. Em qualquer caso, os joelhos podem ajudar, um deles pressionando o tanque, forçando a inclinação da motocicleta, e o outro, aberto, aumentando o peso do lado interno da curva. Por fim, a pressão dos pés nas pedaleiras ajuda a definir e a garantir o percurso desejado; e, numa moto esportiva, a gente sai de cima do banco e fica apoiado praticamente apenas na pedaleira virada para o centro da curva. Na pista de terra, o piloto fica em pé, inclinando o corpo para a frente ou para trás, conforme esteja subindo ou descendo uma encosta, enquanto a máquina, lá embaixo, sacoleja, escorrega, sacode o guidão e por fim encontra seu caminho. Em qualquer caso, o que define a precisa direção da moto não é o movimento das mãos no guidão, nem mesmo a inclinação do corpo. Isso é o básico, mas o decisivo é o olhar: ela vai para onde o piloto olha, numa integração tão grande que é muitas vezes causa de acidentes. De fato, a gente logo aprende o princípio básico: não olhe para o problema, olhe para a solução! Se há um buraco ou obstáculo na pista, logo lhe ensinam ou você aprende do modo mais difícil: não fixe os olhos nele, ou vai se dirigir exatamente para ele; olhe antes para o lugar por onde gostaria de passar para evitá-lo; não deixe nem mesmo a atenção da visão periférica centrar-se nele, pois se o fizer não conseguirá mais escapar. Assim também nas curvas: é preciso entrar aberto, o mais possível, para ter o máximo de visão e, uma vez chegado ao início de cada uma, fixar os olhos no ponto em que termina, o ponto de saída, traçando mentalmente a linha que tangencia o centro.

Toda essa explanação, porém, é algo banal para quem quer que esteja habituado a pilotar. Principalmente para quem, como eu, viveu a motocicleta ainda na infância, quando nenhum desses conceitos ou conselhos se faz necessário, como também quase nenhuma explicação. Naquela idade isso tudo vem de modo espontâneo, instintivo. O corpo já sabe, e se não sabe aprende de modo imediato. E deve ser por isso que com a velha BSA nem a terra batida do terreiro da venda, nem o pedrisco ou a areia fofa que se acumulava no trilho da estrada representaram nunca perigo ou dificuldade real. Não me lembro de jamais ter caído com aquela moto. Nem de a ter derrubado. Apenas do prazer de fazer com que me levasse aonde meu desejo lhe apontasse.

Na maior parte da viagem, mesmo quando a chuva, o frio ou o calor castigavam, essa sensação de unidade com a máquina (mais do que de controle dela) dominava, e produzia uma sensação de liberdade e de poder tão forte, que ameaçava às vezes degenerar rapidamente em ilusão de onipotência.

E era com esse sentimento de plenitude e alegria, o mesmo dos primeiros tempos e de sempre, que, ao deixar a estrada de terra, eu voltava, acelerando forte, murmurando para mim mesmo frases desconexas de arrebatamento, cruzando de novo em velocidade o planalto, em direção a Tilcara, ao fim de mais um dia, o nono desde que tinha saído de casa.

Quando estava quase chegando, recebi uma chamada e soube que não estaria sozinho ao jantar naquela noite. Tinha feito amigos numa parada: três motociclistas de Buenos Aires. Como trocamos telefones, contavam agora que tinham chegado e iam instalar-se num bom hotel, por acaso a poucos metros de onde eu estaria.

Entrando na cidade, fui direto ao meu alojamento. No caso, um quartinho num camping cujo proprietário era motociclista e onde eu poderia, se fosse preciso, lavar roupa, limpar a moto, fazer alguma manutenção de emergência. Eu tinha pesquisado locais de parada em alguns lugares-chave do percurso, anotado os contatos e inserido as coordenadas todas no GPS da moto. Tinha buscado alojamentos que atendessem a uma de duas condições, com preferência para os que satisfizessem as duas: acesso fácil a partir da estrada, instalações simples, com lugar seguro para a moto. Quando estava em Purmamarca, encontrando sinal de celular, tinha ligado e confirmado a chegada no final da tarde.

O dono do lugar, apesar de motociclista, não era dado a muita conversa. Tinha uma Triumph com placa brasileira. Explicou-me, com certa rispidez, quando observei isso, que compensava mais ir no prazo necessário até a fronteira brasileira do que comprar a motocicleta na Argentina. Assim, o *check in* foi rápido.

Como cheguei ao escurecer, não tive ânimo de lavar a moto. Apenas limpei o essencial: o para-brisa, os faróis e as lanternas. Ainda tive tempo de tratar da redistribuição do peso da bagagem para que as malas ficassem bem equilibradas para a etapa seguinte, na montanha. Uma hora depois, comecei a descer a rua a pé, para encontrar os portenhos.

Era meu último dia na Argentina. Valia a pena me despedir brindando com amigos. Mas antes do jantar e antes de deixar o país, penso que é hora de rebobinar a cronologia e recontar a viagem até este momento, no qual eu me preparava mental e fisicamente para cruzar os Andes e depois descer até San Pedro de Atacama.

CAPÍTULO 5

Parti de Campinas no dia 1º de outubro de 2019. Minha intenção era sair de madrugada e seguir diretamente para Foz do Iguaçu. A distância era razoável e eu sempre prefiro fazer trajetos maiores nos primeiros dias. E não descartava a ideia de dormir em algum lugar da Argentina. Talvez mesmo em Posadas, a 1300 quilômetros de casa. Eu queria logo cruzar a fronteira, pois era a minha primeira viagem de moto para fora do país. Ansiava por aquela experiência.

Na véspera, porém, uma notícia triste obrigou-me a mudar os planos: a morte de um amigo motociclista, há algum tempo doente. Pensei em adiar para assistir ao enterro. Algumas pessoas próximas, preocupadas com a viagem que faria sozinho, chegaram a sugerir que cancelasse, na impressão temerosa de que aquela perda pudesse ser um anúncio de tragédia. Imaginei, porém, o que me diria esse amigo, se pudesse conversar com ele. E tive certeza de que insistiria que fosse, que não cancelasse, que fizesse a viagem sonhada e que me lembrasse dele no caminho.

Como não era possível sair sem uma última despedida, aguardei a hora necessária, carreguei a moto, vesti-me para viagem e fui ao velório. E de lá segui. Não mais diretamente para Foz ou Posadas, por ter partido tarde, mas para Maringá, onde fui recebido com um churrasco pelos primos que lá vivem.

Por isso mesmo, por conta dessa parada em família, só no dia seguinte senti que a viagem tinha começado.

Cheguei ao hotel em Posadas no começo da noite, porque esse trecho do percurso foi penoso, com uma enorme sucessão de demorados pare-e-siga entre Cascavel e Foz, sob um calor entre 35º e 38º C. Mas o pior mesmo foi um acidente grave, que virou uma carreta perto da entrada da cidade fronteiriça. Segui pelo corredor entre os carros e caminhões por quase meia hora até o local, e vi que poderia passar, desviando pelo acostamento. Mas a polícia impediu, embora a carga não fosse perigosa, nem houvesse risco de explosão. Tentei argumentar, mas não houve jeito. As opções passaram a ser, então, esperar que a carreta fosse retirada – o que não parecia razoável – ou encontrar outro caminho. Poucos metros antes do lugar onde eu tinha parado havia uma saída para uma vicinal. Pressionei no GPS a função "desvio" e vi que se fosse por ali sairia em algum lugar mais perto do começo da fila. De lá, o GPS indicava um segundo trecho, mais longo, até a 469, que me levaria até o posto de fronteira. Sem melhor alternativa, foi o que fiz.

Esse grande transtorno teve uma pequena compensação: horas depois, conforme ia pilotando pela Argentina, o acostamento encharcado, com grandes poças de água que em alguns pontos tinham passado sobre a pista, dava testemunho de que as chuvas fortes me colheriam no caminho, se tivesse chegado no tempo previsto. Por conta do atraso, não houve ali sequer necessidade de capa, e cheguei no final da tarde à entrada de San Ignacio Miní.

O dia agora estava claro e abafado, o céu se mostrava coberto de nuvens e fazia calor. Tinha chovido muito pela manhã e começo da tarde, disse-me a moça da recepção, e por isso quase não tinham tido visitantes.

San Ignacio foi a primeira de várias ruínas jesuíticas que visitei. E a mais impressionante.

Depois de tirar o capacete, a balaclava e a mochila de água, quando perguntei à moça se podia deixar aquilo tudo com ela, já que a moto estava um pouco longe, minha voz falhou. E mais emocionado me senti quando caminhei, entre embevecido e respeitoso, na direção do núcleo das ruínas.

Por conta do horário e do tempo havia pouca gente lá. Um casal de franceses, que permaneceu o tempo todo da minha visita, e duas famílias argentinas, com crianças, já de saída. Pedi ao francês que tirasse uma foto, sob o pórtico, e depois atravessei o grande pátio.

O grito das aves era o único ruído constante. Visitei primeiro as ruínas da igreja, rodeei-a, busquei os campos em volta e depois retornei ao pátio, ao muro alto e às fileiras de pilares quebrados. Por fim, sentei-me num banco sob um pequeno bosque de árvores que cresceram onde antes brotara um ideal de nova civilização e deixei a mente perambular pelos restos de leitura, tentando imaginar não somente o que poderia ter sido aquilo tudo, mas ainda o que teria significado para o mundo se o que os jesuítas construíram nesses lugares remotos tivesse perdurado e frutificado como exemplo e caminho na ocupação das novas terras. Assim divagando, com os olhos alternando entre as folhas verdes e a pedra escura, poderia ter me demorado mais. Era, porém, fim de tarde. Em breve a portaria estaria fechada e já começava a chuviscar. Ao me despedir, enquanto caminhava para a moto, percebi que, embora a hora não fosse tão adiantada, o céu pesado de nuvens apressava o anoitecer.

Das ruínas até o hotel eram apenas sessenta quilômetros. Pelo adiantado da hora, ao me aproximar da cidade e do hotel eu poderia ter continuado pela Ruta 12, mas decidi manter o trajeto que eu tinha programado no GPS, saindo um pouco da estrada principal e percorrendo um trecho da avenida costeira, na esperança de um relance da famosa ponte e da cidade praiana paraguaia, do outro lado.

O rio Paraná ali se espraia largamente. Depois se fecha entre Posadas e Encarnación, para posteriormente se abrir ainda mais, na represa que é o mar do Paraguai. Esperava uma bela vista e contava poder descer da moto e contemplar em calma, mas quando cheguei o dia terminava. A verdade é que a avenida costeira naquele trecho não tem atrativos, exceto a visão meio esporádica do rio, das luzes e da ponte. Chuviscava levemente e tudo parecia flutuar em reflexos, enquanto eu cruzava a pequena passagem sobre a água que me levaria de volta para a 12, em direção ao hotel. Não era uma paisagem impactante, mas a rápida visão da grande ponte e um relance das cidades fronteiras foram suficientes para me fazer desejar voltar um dia, para percorrer a parte principal da "costanera" de Posadas e, principalmente, para visitar Encarnación.

O hotel ficava à margem da rodovia, o que era conveniente. O que não era conveniente era a chuva que começava a apertar.

Naqueles dias, a quadra em volta do hotel estava em reforma. Quando para lá voltei, alguns meses depois, tudo já estava calçado, em ordem. Mas em outubro de 2019, naquele começo de noite, sob a chuva, uma simples alteração da entrada respondeu pelo primeiro susto da viagem.

Sucede que onde o GPS mandou entrar estava interrompido, de sorte que tive de passar além do hotel para retornar e entrar na recepção. Como era já noite e eu não quisesse percorrer um pequeno trecho na contramão por excesso injustificável de legalismo, resolvi dar a volta na quadra, para poder ter acesso à portaria pela mão correta.

A terra estava molhada, quando saí do asfalto. Mas nada anunciava o que estava por vir. Quando tinha percorrido já uns cinquenta metros, o barro foi se tornando profundo. Tinham passado máquina durante do dia, e o barreiro tinha vários sulcos de pneus de máquinas e tratores, que iam e vinham num desenho que os faróis não permitiam acompanhar. Ao virar a esquina, a lama era assustadora e tive de pilotar com as botas enfiadas no barro, angustiado para não ter uma queda ali, pois quase não havia casas por perto, a iluminação da rua era inexistente e a chuva engrossava.

Quando cheguei à entrada, depois de uma longa caminhada com as botas socando o chão e com grande esforço dos braços para manter a moto em pé, uma pequena rampa de paralelepípedos me aguardava. Foi um momento ruim, um fecho à altura daqueles duzentos metros de atoleiro. Assim que a roda da frente encontrou o degrau para a rampa, senti o que seria subi-la com os pneus recobertos por uma grossa capa de barro. Sem tirar os pés do chão, fiz a roda da frente iniciar a subida, ameaçando resvalar para os lados enquanto a moto rabeava.

Havia apenas uma pessoa do lado de fora do hotel, abrigada sob a marquise: um senhor franzino, já de idade. Olhava-me com espanto e apreensão, e senti que me socorreria, se soubesse como. Por isso, interrompi por um momento o esforço da subida e o cumprimentei com um aceno de cabeça, torcendo para que pensasse que estava tudo bem e não procurasse me ajudar, pois qualquer coisa que ele tentasse fazer naquele momento seria inútil e certamente perigosa.

Controlando o pânico que poderia girar o acelerador ou pressionar o freio, vi que aos poucos a moto venceu, com certa dificuldade, o trecho de subida de paralelepípedos, depois cruzou cautelosamente a frente lisa da recepção, para por fim rodar com agilidade e segurança no chão de pedriscos do estacionamento.

A água escorria por dentro da gola da jaqueta, a viseira estava quase opaca com as gotas coladas do lado de fora e com o vapor condensado do lado de dentro.

Estacionei sob uma cobertura de tela, que deixava passar a água em pingos grossos, pus a moto no cavalete e observei as rodas. O barro grudado era espesso e tinha muito capim roçado, misturado agora com pedrisco, formando uma massa compacta.

Eu não tinha muita experiência nisso, mas pensei que no dia seguinte, se tivesse de sair com aqueles pneus e descer a rampa de paralelepípedos debaixo de chuva, o risco seria grande. Resolvi então que voltaria depois do *check-in*, do banho quente e de comer alguma coisa, para dar um jeito naquilo. E de fato fiz isso: uma hora mais tarde, com uma chave de fenda comecei a fazer ranhuras no barro espesso, para que pudesse secar e se desprender. Estava nessa tarefa quando chegou um casal argentino numa caminhonete. Perguntaram-me de onde vinha e depois o motorista, vendo o que eu fazia, disse-me que não precisava de nada daquilo. Que ele estava acostumado e bastava no dia seguinte pegar o asfalto, acelerar e ouvir o barulho das placas de barro se desprendendo.

Eu disse que sim, ok, concordava. Mas quando eles se foram, continuei meu trabalho, liguei a moto, fiz a roda girar em falso e observei o desprendimento de algum barro que recobria o pneu. No dianteiro, só pude riscar um pouco a capa compacta. E fui dormir.

Choveu uma parte da noite, mas a manhã surgiu com sol entre nuvens, e quente. O trecho a percorrer no dia era curto, então não tive pressa. Depois de carregar a moto, verificar a fixação das malas e a distribuição do peso da bagagem, dei uma série de voltas no pedrisco do estacionamento. Quando senti que os pneus estavam mais leves, desci a rampa, girei à direita e fui na direção da rodovia. Mas não sem antes parar a moto, assim que comecei a costear a estrada, para descer e fazer a pé, pelo meio fio, uma parte do caminho sombrio da noite, observando com susto renovado o rastro dos pneus e o buraco das botas, nos quais um pouco de água ainda se mantinha empoçada. E então retomei a viagem. Em poucos minutos, acelerando na estrada, ouvi, como disse o argentino da caminhonete, o ruído forte das placas de barro desprendendo-se das rodas.

CAPÍTULO 6

De Posadas a Corrientes são pouco mais de trezentos quilômetros, com longas retas de bom asfalto. Meia hora depois de deixar o hotel, começou a garoar e em certos trechos chuviscou um pouco mais forte.

A estrada estava deserta. Apesar da garoa, o dia continuava claro. Lembrei-me das doze horas do percurso entre Maringá e Posadas, sob calor intenso, e das muitas paradas nas obras e me surpreendi pensando em como, apesar de tudo, eu não tinha ficado muito cansado. Nesse terceiro dia de viagem, sentia-me, na verdade, como se tivesse saído há pouco de Campinas, depois de uma noite bem dormida.

Quando desci da moto numa estação de serviço, ocorreu-me a lembrança de uma frase que eu disse certa vez a um amigo que se queixava de cansaço em viagens de moto: pilotar não cansa; o que cansa é negociar. Negociar a velocidade com um parceiro de estrada, negociar as paradas com a garupa, cuidar de quem vai atrás ou tentar seguir quem vai à frente, decidir quanto tempo será reservado à comida, qual intervalo de banheiro etc.

Já numa viagem solitária, a primeira hora ou talvez a primeira hora e meia cansam um pouco. No meu caso, ao menos. Mas vencida essa etapa em que a moto e o seu piloto são dois seres separados, vem o momento de transformação: o ruído do vento e o do motor, bem como o dos pneus sobre o solo se harmonizam; as mãos e os pés se encaixam naturalmente nas manoplas e nas pedaleiras; a mente e a moto interagem de modo irracional, isto é, sem a intervenção do pensamento, seguindo esta a intuição e a intenção imediata do seu condutor.

Creio que todo motociclista já experimentou esse estado de ampla satisfação, quando muitos de nós tendemos a correr mais, ou a abrir os braços como voando, ou a balançar a moto de um lado para o outro, ou a fazer qualquer movimento que sem dúvida vai parecer incompreensível ou perigoso a quem olhe de fora – a fazer alguma coisa alegre, mas que ao mesmo tempo exija alguma habilidade, como prova e celebração de ter ocorrido a mágica da integração.

Distraí-me pensando nisso e tomando um segundo café. Quando deixei o pequeno restaurante da beira da estrada, já não chuviscava e a garoa desaparecera. O sol ameaçava surgir. Eu tinha aproveitado para lavar a viseira e abastecer a mochila de água, mas não tinha pressa de partir. Não estava frio, porém a temperatura começava a baixar e tratei de vestir um agasalho. Depois me sentei na mureta, anotei alguns dados da viagem, e fiquei um tempo contemplando a moto carregada, ainda toda suja do barro da noite anterior.

Até aquele momento, tinha vindo em baixa e regular velocidade, por causa da chuva e também porque o trajeto seria curto e eu não queria chegar cedo demais, desperdiçando a estrada. Agora, porém, seria outra coisa. E de fato, meia hora depois, estava de novo no estado perfeito, com o piloto automático fixado em 160 km/h e a mente flutuando naquela espécie de mini-satori que, para mim, sempre foi um dos principais encantos da viagem sobre duas rodas.

Foi nesse estado de espírito que cheguei a Corrientes, de novo sob chuva fina. Evitei a avenida principal, onde o tráfego de motos é proibido e tanta gente toma multa, cortei pelas laterais, entrei na avenida costeira e cheguei finalmente ao próximo ponto de parada.

Tinha ligado da estrada para três hotéis, mas apenas num que ficava numa zona central encontrei vaga. Não era um mau hotel, pelo contrário, mas era um pouco longe do rio. O que já não importava muito, porque com a chuva eu não poderia mesmo sair para conhecer a Costanera.

Alojado, estiquei dentro do quarto o rolo de corda que sempre levo em viagem e pendurei a jaqueta, a calça de cordura e as luvas; lavei as botas no chuveiro, e a balaclava no lavatório, mas não a camiseta e as roupas interiores, pois não secariam a tempo. Em seguida, limpei o capacete. Finalmente, como parte da rotina, fiz os arranjos necessários nas tomadas, de modo que pudesse ao mesmo tempo carregar intercomunicador e celular e alimentar o cpap. A chuva continuava. Por isso não pensei em sair para comer alguma coisa, e também não tinha a menor vontade de me vestir apenas para descer ao restaurante. Então pedi um lanche e enquanto ele estava sendo preparado abri uma cerveja, deitei-me na cama e fiz as anotações básicas do percurso do dia.

Depois, com a comida, abri outra cerveja, ainda pensando no que estava sendo essa viagem, o que ela significava para mim, como se encaixava nesta fase da minha vida. Aconchegado, lembrando-me de outras motocicletas, outras viagens, outros tempos, adormeci.

CAPÍTULO 7

Não sei bem em que ordem, mas quero crer que antes de dormir me lembrei ali mais uma vez especialmente de duas motocicletas que marcaram de alguma forma minha vida, porque sempre me ocorrem quando começo a divagar sobre o tema.

A primeira é uma na qual nunca andei, porque nunca a fiz funcionar. Comprei-a de um amigo de um aluno, quando ainda ensinava na escola do ensino médio. Veio em várias partes: alguns baldes, duas caixas e um conjunto amarrado. Era uma Harley-Davidson. Pelo documento, era uma 1200 cc, ano 1929. O dono anterior não devia saber o que tinha em mãos: cortou o guidão e nele soldou um de monaretta, mudando as manoplas para as pontas. Aquela estrutura mal acabada e mal ajambrada designava talvez um desígnio de fazer uma *chopper*. Pelo que me disse o estudante, a moto estava funcionando, até resolverem modernizá-la.

Passei muitas horas separando as peças, limpando-as, descobrindo onde deviam ser encaixadas. Uma que me chamou a atenção foi um grande carburador de bronze, com duas agulhas longas, reguláveis por rosca. Valia por si só, como objeto artístico. Também a caixa de câmbio, pesada, imensa, com as engrenagens ainda brilhantes de óleo. O tanque era dividido em duas partes, que eram presas no chassis por uma série de parafusos. Uma dessas partes era subdividida em duas, sendo a da frente um tanque de óleo, com um êmbolo para bombeá-lo para o motor. O para-lama traseiro era bipartido, dotado de uma dobradiça, que permitia tirar a roda. Sobre ele havia um bagageiro idêntico ao das antigas bicicletas.

Algumas soluções mecânicas eram fantásticas: o freio traseiro, por exemplo, que consistia numa cinta externa ao tambor, como nas carroças; o sistema de balancins da suspensão dianteira, com duas molas a garantir que a frente não fosse tão dura quando a traseira, que não tinha nada, era um mero quadro. Mas o que chamou mais a atenção foram as câmaras de explosão, que eram separadas do cilindro, como um apêndice lateral, o que facilitava o acionamento das válvulas pelas hastes expostas. Havia ainda o câmbio na mão esquerda, que funcionava em conjunto com a embreagem no pé. Tudo isso fui reconstruindo pela lógica do desenho das peças, inclusive a mesa de platinados, cujo avanço ou atraso era regulável a partir do giro da manopla. Faltavam algumas coisas: quase toda a parte elétrica, incluindo o farol, e uma engrenagem da catraca do pedal de partida.

Por isso fui à procura das partes que faltavam, num ferro-velho que me recomendaram em Nova Iguaçu. Quando cheguei, tive de bater insistentemente, até receber uma resposta. Tinha havido um tiroteio por perto e o proprietário resolveu fechar, por precaução. Como eu tinha vindo de longe, resolveu deixar que eu entrasse, mas a pé, por uma fresta do portão, que permaneceu cerrado. Infelizmente ele não tinha a engrenagem. A que me mostrou devia ser de outro ano. Perguntei então o que mais tinha de Harley velha e ele me apontou um canto do quintal, e lá encontrei, meio enterrada no barro embaixo de uma jabuticabeira, uma carcaça de motor idêntica à da minha moto, apenas sem os pistões, mas com o volante e as bielas. Eu não precisava daquilo, mas pensei que não seria fácil encontrar peças de reposição para uma moto feita em 1929, então arrematei tudo e voltei para Campinas.

Naquele tempo, o dinheiro era realmente escasso. Montei a moto num puxadinho no fundo do quintal e comecei a promover eu mesmo o restauro. Não fui, porém, muito longe. Apenas recompus o guidão, limpei todas as peças e levei uma parte delas para jatear. Em breve o destino me transportou a Cuiabá, para onde levei a moto desmontada numa arca. Lá não encontrei quem me ajudasse, e a trouxe de volta quando regressei a Campinas.

Como passasse a morar em apartamento, o destino dela foi o porão da casa do pai, onde permaneceu na arca que veio a ser o seu sarcófago, por 5 longos anos, enquanto eu só tinha tempo e energia para o difícil começo da carreira universitária e para o doutoramento. Quando meu casamento terminou, acabei por vendê-la por um preço qualquer, para começar a mobiliar a nova casa.

As fotos que tinha dela e de suas lindas formas (o tanque bipartido, com a sua bomba de óleo de bronze e o suporte do câmbio, era de uma elegância que não vi depois em outros modelos) se perderam, mas sua imagem ainda hoje se apresenta com grande clareza em minha memória.

A segunda foi o contrário dessa, pois funcionou sempre bem e muito: uma Hayabusa, que pilotei muitos anos depois, em 2010 e 2011. Quando a comprei, o vendedor me avisou que eu devia trazer a moto para a primeira revisão com 500 km. Era um sábado. Lembro-me do momento em que saí da loja com a moto, decidido a testá-la na estrada. E também da sensação inesquecível: a de um motor infinito. De fato, podia andar em sexta marcha numa velocidade ínfima, ou podia acelerar em primeira e segunda além do que tinha conseguido imaginar.

Andei pela Anhanguera, acelerando e reduzindo, ouvindo o motor. Era suave e sussurrante em baixa rotação, pois os enormes escapamentos abafavam tudo, e eu só ouvia um leve ruído de vento, por conta da excepcional aerodinâmica; mas ao acelerar, à medida que o ponteiro do conta-giros subia, ia crescendo e me envolvendo um ronco grave, tenso e sem oscilação, como eu nunca ouvira antes. Aquilo era, para usar uma expressão gasta, porém naquele momento exata e objetiva, um "sonho acordado". Eu nem sequer estava adequadamente vestido. Tinha ido caminhando até a loja, com roupa comum, tênis e capacete nas mãos. Mas ali na estrada sequer me dava conta disso. De súbito, recordei-me de um sorvete de uvaia, coisa da primeira adolescência. E assim como quem decide ir à esquina, submetendo a moto a vários regimes e situações, entrei pela Washington Luís e fui seguindo na direção de Araraquara, sem pensar em nada. Ao chegar ao trevo da entrada, porém, fui um pouco adiante. Segui até a cidade natal, passei em frente à casa em que tinha morado, rodei pela praça da igreja e só depois voltei os trinta quilômetros e fui ao sorvete. Ao entrar em Campinas, no meio da tarde, vi que já tinha andado mais do que os quinhentos quilômetros permitidos. No domingo, Akemi (era o seu nome) ficaria repousando. Na segunda iria para a primeira revisão.

A Hayabusa foi uma revelação: mostrou-me o prazer de pilotar solitariamente, por horas, em alta velocidade, ouvindo apenas o sibilar do vento. Eu nunca tinha tido uma motocicleta esportiva, e de repente estava montado na mais veloz já produzida até o momento.

Diferentemente de outras motos rápidas, a Hayabusa não é desconfortável. Pertence a um segmento que ela parece ter inaugurado e do qual era o ícone: o *sport touring*. O diferencial dessa moto é a aerodinâmica perfeita, que permite que os braços não precisem suportar o peso do corpo a partir de determinada velocidade: basta encontrar o ponto de equilíbrio entre a gravidade e a força do vento e logo, sem nenhuma turbulência ou incômodo, o piloto, embora ainda inclinado para a frente, se sente como se estivesse flutuando, em perfeito relaxamento. No entanto, se acelera muito as forças se invertem: o vento desviado pelo para-brisa pressiona as costas para baixo, forçando que se debruce sobre o tanque.

Muitas vezes andei entre 250 e 300 km/h, com a queixeira do capacete colada no tanque. Conforme a moto se aproxima dessa velocidade, naquela posição, o horizonte do piloto recua e se afunila. É como se de repente ele estivesse dentro de um tubo: o que está à frente é nítido e tudo ali se move em câmera lenta; à medida que os olhos se afastam do ponto central, porém, tudo ganha rapidamente velocidade e se torna indistinto, quase borrado. Os carros que seguem a 100 km/h na estrada parecem parados. Quando nos aproximamos deles, a sensação é de uma alteração no ritmo do tempo: um movimento de mudar de pista é detectado a muitas centenas de metros de distância, e é tão lento que a moto escolhe seu caminho e passa ao largo antes mesmo que o motorista do automóvel dê por ela. Em certo sentido, numa autoestrada, sempre me pareceu mais seguro, no que diz respeito a colisão, rodar a 250 do que a 120 km/h.

Por outro lado, a sensação de perigo é intensa: uma forte imperfeição da pista, um pneu estourado ou um problema mecânico surgem de quando em quando na consciência como um aceno de fatalidade. E a pressão do vento nas velocidades extremas é tão grande que é certo que erguer a cabeça ou pôr a mão para fora do casulo protetor construído pela aerodinâmica da moto leva ao acidente. Bem pesados os dois lados, numa reta ou em curvas de alta o que prevalecia na Hayabusa era sempre a sensação de segurança.

Fosse só esse o uso que eu fizesse dessa moto, poderia ter continuado com ela, ou adquirido um modelo mais novo, já com ABS. Mas Akemi pôs para fora e me mostrou um lado menos interessante de mim mesmo: em breve a minha diversão (seria mais exato dizer o meu vício) dos finais de semana era vestir um macacão de couro ou de cordura e ir para a pista, em busca de "pegas", isto é, de disputas com desconhecidos, circulando entre os carros em correrias e manobras obscenas. Por isso, por perceber que estava irremediavelmente perdendo o equilíbrio – era como uma droga, era preciso a cada vez aumentar a dosagem para obter o mesmo efeito –, depois de dois anos acabei me desfazendo dela. Mas para ser totalmente sincero não creio que me tenha me livrado por completo dessa atração pelo limite, e mesmo esta viagem, tão planejada e rodeada de aparatos de segurança, foi talvez mais um renascimento daquilo que tentei reprimir com a venda da Hayabusa. Por exemplo, nas várias vezes que pilotei em alta velocidade, por estradas precárias, em pé sobre as pedaleiras, filmando com o celular em uma das mãos, enquanto segurava o guidão com a outra; ou quando, com o piloto automático fixado em 140 km/h, ia tirando fotos com a câmera, usando as duas mãos sem luvas, como se estivesse caminhando tranquilamente numa praça.

Talvez tenha me lembrado também, naquela noite, da minha primeira moto custom, uma Kawasaki Vulcan 500, de dois cilindros paralelos, vermelha, que de longe parecia uma Harley-Davidson, sendo ainda mais bela e elegante. Se não lembrei ali, lembrei-me e ainda me lembro dela em tantas outras situações, que vale a pena evocá-la. Marcou-me também muito. Não só pela sua leveza e força, mas ainda porque foi com ela que pela primeira vez me integrei a um grupo. De colete com brasão e todo o aparato de caveiras, lenços, franjas e roupas de couro, vivi sobre a Vulcan a minha fase alternativa e tribal, bem como as primeiras experiências de viagens longas, dessas de ficar dias na estrada.

Se mais alguma motocicleta passou pela minha mente naquele adormecer já no coração de um país estrangeiro não sei, mas é quase certo que essas três embalaram o sono. Se não o fizeram então, fazem-no agora, enquanto me recordo com tal intensidade daquela primeira noite em que me senti realmente longe de casa, que até me parece ouvir outra vez o barulho da água caindo do beiral.

CAPÍTULO 8

Parti de Corrientes debaixo da mesma chuva fina que tinha atravessado a noite. A ponte estava oculta pela névoa e não se via bem da metade para o fim. Eram 7:3oh, mas parecia mais cedo. E talvez devesse ter sido mais cedo, pois eu tinha cerca de setecentos quilômetros pela frente.

No caminho, assim que recomeçaram as longas retas, a temperatura foi caindo.

Disseram-me, em algum momento, que poucos dias antes estava muito quente. Mais de 40º C. Mas quando cruzei aquela parte do Chaco não fazia mais do que quinze, e às vezes doze graus. O vento sul soprava forte, a moto inclinava a cada lufada mais violenta, e o frio mordia.

O Chaco é monótono, em termos de acidentes geográficos. Num dia de chuva fina intermitente como aquele, talvez um pouco mais, porque a tensão da temperatura não encontra compensação na paisagem de

57

planura uniforme, mas nem por isso desinteressante: árvores carregadas com ninhos gigantescos e informes de pássaros que não havia mais, grandes manadas de cabritos, algumas de dezenas, outras de quase uma centena de animais, burricos aqui, cavalos ali, e mais além um porco solitário ou vários, em pequenos grupos, e carneiros. O maior contingente era sem dúvida de caprinos, alguns com enormes chifres, outros cobertos de longos pelos. E havia galinhas, e também aves selvagens, e profusão de garças nas áreas alagadas. A espaços, gaviões e urubus, junto aos restos de animais atropelados.

A velocidade nessas grandes retas é alta. Caminhões passam velozes como carros, e caminhonetes cruzam como esportivos. Eu mesmo segui entre 140 e 180 km/h, conforme houvesse ou não houvesse rebanhos ou precipitação maior de chuva. O tempo todo, cruzei enxames de pássaros. Centenas deles ficavam na pista, em intervalos curtos, comendo as sementes que o vento trazia ou que caíam das carretas. Eu seguia buzinando, encolhido atrás do para-brisa para me proteger, tentando diminuir a provável área de impacto. Mesmo com o barulho que fazia, atropelei vários. Um deslocou a sinaleira direita e quase a quebrou, outro bateu com força na viseira do capacete. Um terceiro ficou enroscado na grade do farol.

O caminho usual pelo Chaco, quando se vai ao Atacama, é quase uma linha reta, na direção de Salta, mas fiz um desvio, cortando em diagonal para o sul, pois sabia que a estrada estava ruim perto da cidade de Monte

Quemado. Não passei assim pelo Pampa del Infierno, de nome tão sugestivo. Virei à esquerda pouco antes, e desci em direção a Santiago del Estero.

Ao longo dessa segunda parte, a pista era menos frequentada. Já não chovia e sumiram as grandes carretas que antes cruzavam por mim com um baque de ar violento, como um soco no peito. Uma linha de postes de energia, recortando o horizonte, era em grande parte do tempo o único testemunho humano, além da estrada. Ali, como na outra rodovia, várias vezes saí para o acostamento ou entrei por alguma vicinal, desliguei a moto, caminhei até uma distância da qual pudesse vê-la contra aquela paisagem rústica e algo desolada.

Depois de atravessar um enxame de borboletas que tingiram de amarelo o para-brisa e o capacete, encontrei um lugar para me sentar, jogar água na viseira e descansar. Havia, como sempre, um pequeno grupo de cabritos por perto. Escutei o vento frio, senti mais do que ouvi o balido dos animais e o canto dos pássaros. A sensação mais forte naquele momento era contraditória, pois juntava a percepção do vazio (ali estava eu, sentado à beira da estrada num país estrangeiro, a centenas de quilômetros do ponto de partida do dia e a outro tanto do ponto de chegada: ambos lugares que nada significavam ainda para mim) com a sensação de plenitude, porque pela primeira vez em muito tempo eu estava completamente a sós comigo. Aquele pedaço de mundo de repente parecia estranho, desconhecido, vasto e imponderável.

Talvez porque eu ali não me sentisse mais conectado, nem de fato, nem como possibilidade imediata, à casa, à família, aos amigos, às redes sociais, aos livros e aos demais costumes e pequenos rituais em que a vida se esquece em conforto e com facilidade.

Ao caminhar de volta para a motocicleta, a sensação era a de uma graça alcançada. Por isso talvez não retomei logo o caminho. Andei um pouco mais para o lado oposto, ouvindo o que era para ouvir através do ar puro e fresco. A moto, naquele como em outros momentos, concentrava tudo. De alguma forma, era não só o vínculo com o passado e a casa distante, mas também aquilo que me tinha permitido afrouxar temporariamente as amarras. Sobretudo, era algo como um porto seguro, que fazia desaparecer, tanto num pequeno passeio pela cidade, quanto numa longa viagem como aquela, a familiar agitação interior. Senti por fim que, naquele momento, se eu pudesse viajar por dentro de mim mesmo, por certo veria também uma extensa planície sob um sol ameno, dominada por uma grande calma, que fazia desaparecer, como se nunca tivessem existido, a sensação de vulnerabilidade e o sentimento da solidão.

CAPÍTULO 9

Desde muito cedo descobri que era possível dar algum corpo às percepções e aos sentimentos densos e obscuros. Nos primeiros anos, eu buscava fazer com que elas e eles encontrassem o encaixe correto, procurava transformar o movimento bruto interior em alguma coisa externa, supostamente observável, passível de ser compreendida. Nesse movimento, porém, uns e outros se tornavam algo diverso. Talvez porque o que eu queria surpreender se negava, escorregava das mãos como peixes sob a água suja; ou ainda porque, no ato de tentar apreender, eu acabava não conseguindo evitar a rede miúda, ecos de coisas lidas, vontade de fazer algo bonito. Já as poucas vezes marcantes, que valiam pelas outras, eram aquelas que aniquilavam a intenção com o seu poder de verdade, trazendo à tona algo ainda menos observável do que o que tinha iniciado o movimento. Não o sentimento ou a percepção que eu julgava valer a pena expressar, mas o

62 ❧ PAULO FRANCHETTI

rastro de outra coisa que se movia sob a pele das palavras, deixando à superfície volumes, depressões e cicatrizes.

Ao preparar o equipamento para esta viagem, separei, por força do hábito, uma caderneta para anotações rápidas, e levei comigo, como em outras, um teclado sem fio que, conectado ao celular, permitiria que eu fosse contando a minha mais ou menos como Bashô tinha contado as suas, intercalando o registro mais descritivo ou emotivo com poemas que cortavam verticalmente o fluxo da prosa.

Imbuído da ideia, tentei, nos primeiros dias. Na visita às ruínas de San Ignácio Miní, por exemplo, depois de percorrer o grande pátio deserto e andar entre as colunas desmoronadas, sentei-me à sombra e deixei a mente flutuar. Só ouvia, além de pequenos ruídos indistintos da cidade em volta e da estrada, os quero-queros que tinham voado bem perto da minha cabeça, enquanto me dirigia para aquele canto junto à parede. Então escrevi na caderneta:

Quero-queros gritam
Protegendo os ninhos –
O que restou do sonho dos padres.

Era um esboço que poderia talvez ser aproveitado. E percebi que tinha retomado um haicai de Bashô, que veio no *Oku no hosomichi* – que já foi traduzido como "Caminho estreito para o norte profundo", mas que também poderia ser "Trilhas para o interior":

Ervas de verão –
O que restou
Do sonho dos guerreiros.

No livro de Bashô, o poema vinha acompanhado desta frase: "O esplendor de três gerações passou como um sonho". O poeta estava no local onde outrora se levantara o castelo dos Fujiwaras, destruído por Yoritomo Minamoto, no século XII. Atravessava ele o campo agora coberto apenas de ervas e lhe ocorreram conhecidos versos do poeta chinês Tu-Fu:

O país destruído, permanecem os montes e os rios.
Na primavera, brotam as flores e as ervas verdes

Depois, diz Bashô, "perdendo a noção do tempo", chorou e escreveu o seu poema.

Tudo isso me ocorreu naquele momento, mas o resultado não me agradou. Embora nascidos espontaneamente, e mesmo pensando que talvez com algum trabalho posterior até pudessem valer a pena, percebi que esses versos me levavam para muito longe, mediavam muito a experiência e que seria perigoso ter, frente às sensações e sentimentos, a inclinação de fazer literatura. Não era isso o que pediam a ocasião e o sentido da viagem. Se não me cuidasse, pensei, terminaria por perder justamente o que mais me interessava, que era o silêncio interior tanto sobre a moto, quanto nos locais visitados sem nenhuma companhia. Relatar, recolher objetivamente as lembranças após a chegada a um alojamento era uma coisa que não interferiria com a vivência bruta ao longo do dia que tinha terminado. Mas se eu me preocupasse, ainda que remotamente, em dar um registro poético futuro a cada experiência, isso já moldaria a minha forma de perceber os lugares e as emoções, que seriam selecionadas e postas em função do poema possível a fazer em cada um desses momentos. Percebi também que deveria reduzir as anotações ao mínimo: locais e datas, consumo da moto, acontecimentos, nada mais. Depois, quem sabe, quando tudo sedimentasse interiormente, poderia tentar recuperar e objetivar os sentimentos e mesmo as mais confusas impressões. E assim foi: embora versos avulsos e frases lapidares às vezes tentassem se formar em outras ocasiões, recusei sempre, e foi esse o único poema que me permiti escrever em toda a longa viagem. E sequer voltei a ele para melhorá-lo ou tentar torná-lo mais adequado ao momento em que me ocorreu.

CAPÍTULO 10

Quando resolvi fazer sozinho a viagem ao Atacama, ouvi várias pessoas que tinham percorrido um roteiro semelhante ao que eu queria para mim. Estudei os mapas no computador e li relatos encontrados na internet. E aproveitei um pouco de tudo que me foi dito e sugerido, ou para repetir ou para evitar.

Não sei por qual caminho cheguei a obter o contato de Hector Penno, que organiza expedições de 4×4 no deserto e socorre motociclistas e motoristas em dificuldades. Alguém o descreveu como "o anjo da Puna".

Puna é o nome que recebe o altiplano andino, uma área extensa que se divide entre a Bolívia, a Argentina e o Chile. É majoritariamente desértica, uma das regiões mais estéreis do planeta. Encontram-se ali abundantes salinas, lagos azuis encravados nas montanhas a quatro mil metros de altitude e uma paisagem agreste, cercada de vulcões nevados, que se erguem a mais de seis mil.

Quando lhe disse o trajeto que pensava fazer, indicou-me pessoas em Termas de Rio Hondo e em Cafayate, e ofereceu-me o alojamento para jipeiros que construiu como anexo à sua própria casa.

Devo à sua indicação, portanto, o tempo adorável que passei em Termas de Rio Hondo, a cidade onde fica o autódromo do Moto GP, com seu impressionante museu automobilístico e motociclístico, e que foi o meu destino ao partir de Corrientes.

Cheguei quase no final da tarde. A chuva, que castigara o primeiro trecho da viagem e persistiu, embora leve, no outro segmento do Chaco, pareceu respeitar a fronteira das províncias, pois mal entrei na de Santiago del Estero parou totalmente. O céu começou a limpar e foi ficando quase azul. Já não fazia tanto frio sobre a moto e era bom respirar livremente com a queixeira do capacete levantada, enquanto o sol ia baixando e sua luz cor de laranja atravessava livremente o ar lavado, brilhando nas folhas novas das pequenas árvores que ladeavam a estrada.

Não entrei, porém, na cidade. Segui diretamente para o meu destino, um conjunto de cabanas denominado Kümelen, palavra que na língua mapuche significa estar feliz, estar em paz.

Kümelen fica na periferia, próximo ao autódromo e não distante do centro da cidade. Consiste em casas para temporada, dispostas junto às piscinas de águas termais.

Em cada uma, a varanda termina numa "parrilla", ou churrasqueira. No centro do terreno, ao lado da casa do proprietário, um rancho cobre uma mesa ampla, ladeada de bancos de madeira, e mais ao fundo ergue-se um forno de barro.

Pus a moto na varanda, ao lado da janela do quarto da frente e comecei a descarregar. Tinha previsto apenas uma noite em Termas, para conhecer o autódromo e o museu; mas quando falei com Matias pelo celular percebi que valia a pena estender por mais um dia, ficar o sábado, para que ele pudesse preparar um churrasco que, pelas fotos que mandou, merecia a pausa na viagem.

Havia pouca gente hospedada. Numa casa ao lado da minha, duas garotas argentinas, de Córdoba; numa mais distante, um casal que partiu no dia seguinte pela manhã. Nem mesmo o dono do lugar estava presente. Mas tinha me enviado mensagem: "Não coma nada, me espere, estarei aí em poucas horas, faremos um assado".

Enquanto descarregava a bagagem, depois de me livrar da roupa de viagem, as argentinas se aproximaram, curiosas. Apresentaram-se, quiseram saber de onde eu vinha, mas não queriam atrapalhar – disseram – e seguiram para as piscinas. Já não havia sol, embora ainda estivesse bastante claro. Esfriara um pouco e o vapor nas termas se elevava como pequenas nuvens finas e rasteiras, através das quais eu mal conseguia ver o rosto das garotas que agora riam e conversavam em voz mais alta dentro da água quente.

68 ❧ PAULO FRANCHETTI

Na varanda, sem disposição para limpar a moto, apenas examinei o nível do óleo e os pneus, bem como a fixação das malas. Com tudo em ordem, voltei para dentro, deitei-me no sofá e deixei o corpo relaxar, na modorra, sentindo o benefício da viagem.

Quando Matias e seu irmão Federico chegaram e bateram à porta, eu já estava refeito. Combinamos a hora do churrasco de boas-vindas, que seria na minha varanda, e fui fazer a minha parte: eles trariam as carnes, a soda e o Fernet; eu buscaria o que mais quisesse, vinho, cervejas, ou mais refrigerantes. As garotas foram convidadas e quando voltei estava quase tudo pronto, inclusive, assim que desci da moto, o meu copo de Coca com Fernet.

Pediram-me que contasse a viagem até ali e os planos futuros. E as meninas disseram algo sobre os delas. Não tinham tido e não tinham, na verdade, um roteiro. Davam a impressão de andar ao acaso. Abasteceram na partida o carro com bebidas e alguma comida, faziam de vez em quando cálculos de custos e, ao que parece, iam ao sabor do que havia disponível ou fosse mais atraente no momento. Não eram de falar muito, porém. Apreciavam as histórias, riam lindamente, mas ficavam a maior parte do tempo caladas. Exceto quando lhes pedi indicações de lugares para ver. Aí se tornaram eloquentes, principalmente Ingrid, e me convenceram de que eu não podia deixar de conhecer Mendoza, bem como o caminho para Córdoba e seus arredores. Principalmente, eu não podia deixar de ir a Villa Carlos Paz. Mais: Carlos Paz merecia uma noite, pois a cidade até o fim do dia era uma e depois do pôr do sol virava outra. Ouvi tudo com atenção, tomei notas, agradeci.

Ingrid e sua amiga gostavam mesmo das termas. Em certo momento, já pela meia-noite, fui dormir. Matias, Federico e Carlito, que trabalhava com eles, ficaram ainda em volta da mesa e da churrasqueira, conversando e rindo alto. Tinham trazido mais bebidas. As meninas tinham se despedido de nós pouco antes, mas quando entrava na casa vi que passavam de roupão, com toalhas, copos e garrafas, na direção da piscina. Parei um momento na porta, até que as vi aos poucos desaparecer, como no fim da tarde, nas nuvens de vapor, agora mais espessas.

CAPÍTULO 11

Uma vantagem de ter tempo é poder desfrutar dele, mesmo que isso signifique nada fazer. No sábado, embalado em alguma preguiça, dormi ou dormitei sem pensar na hora, nem planejar o dia.

Na verdade, foi com esse espírito que esbocei a viagem. Não queria chegar a San Pedro de Atacama, não tinha pressa nem necessidade disso. Apenas queria ir a San Pedro de Atacama. Quero dizer, mobilizei-me para ir até lá, mas parti sabendo que poderia alterar os planos a qualquer momento e que o cronograma importava pouco. No roteiro esboçado em Campinas, eu voltaria pelo mesmo caminho, revisitando com mais vagar os lugares de que mais tivesse gostado. Agora, depois das sugestões da Ingrid, tinha decidido voltar por Mendoza, subindo os Caracoles, o que implicaria um longo percurso pelo Chile, margeando o Pacífico. Mas eu sabia que mesmo essa deliberação de agora poderia ser abandonada, ao sabor do que fosse acontecendo no caminho.

Pelo meio da manhã, por fim, resolvi visitar o autódromo. Tive sorte: enquanto estacionava a moto, partiram dois ônibus de turismo, e só quando eu mesmo já me preparava para partir chegou outra grande excursão, desta vez de crianças. Durante o tempo em que lá estive, pude assim ver tudo com vagar e inclusive chegar à última sala, dedicada à história das motocicletas japonesas. "Pouca gente vem aqui", disse-me a moça que toma conta do lugar. "Os guias não sobem até aqui." Era uma pena, pensei, porque a sala é interessante não só como registro histórico – e, para mim, sentimental, pois reencontrei ali paixões impossíveis da adolescência –, mas também porque dali se tem uma vista privilegiada, de ângulo único, da pista e das arquibancadas.

Retornando ao piso principal, antes deixar o museu para subir às arquibancadas, demorei-me na cafeteria, que fica num mezanino, e dali brindei em silêncio à memória das motos e dos carros em exposição.

Na volta, reuni-me, no rancho, à família estendida do Matias. O almoço foi como o jantar do anterior, acolhedor e divertido, tendo eu de repetir, para os novos convivas, a história da viagem, que não teria graça nem despertaria interesse se tivesse sido feita de carro. A moto, o piloto já de idade correndo riscos sozinho, os encontros do caminho – isso era o que interessava

A MÃO DO DESERTO • 73

numa viagem até ali sem grandes aventuras. Também tive de falar do Brasil, das praias, mesmo das que conhecia pouco, e não consegui escapar da política. Da sua parte, contaram-me a construção do lugar e os anseios futuros, que envolviam, para um deles, o litoral do Nordeste brasileiro. Depois de algumas horas animadas, em volta do frango no disco e dos copos de vinho, rendi-me ao costume local e mergulhei, não na piscina termal, mas na *siesta*. E logo adormeci na minha cabana, lembrando os eventos da véspera, no silêncio e no frescor de uma tarde linda, de brisa delicada e sol confortador. Por fim, antes do jantar de despedida, voltei à represa perto do autódromo, para ver o cair do sol. E fui, pela primeira vez, ao centro da cidade.

Termas tem grandes hotéis e também cassinos. E uma praça adorável onde os locais e os turistas se reúnem. Estacionei a moto bem ao lado do cassino, em cuja esplanada um grande grupo de velhos se divertia, comendo, bebendo e dançando. Pareciam igualmente felizes tanto os que se asseguravam e se orgulhavam de conseguir ainda fazer os belos passos da juventude, quanto os que pareciam adolescentes desajeitados dançando pela primeira vez e rindo-se das gafes.

Pode ser que o gosto com que fiquei assistindo à cena, tenha vindo da minha idade. Mas não creio. A não ser talvez no prazer específico que tive, torcendo pelos que se esforçavam, divertidos, para aprender os passos. Sócrates, quando condenado, poucas horas antes da morte, ainda tentava aprender um solo de flauta. Assim aquela dança, assim esta viagem, que não tem finalidade prática, nem destino obrigatório. Tem apenas um objetivo, que pode ser móvel ou cancelado a meio do caminho, depois de cumprir a função. E a função é a mesma de qualquer aprendizagem: pôr em movimento, fazer valer a experiência, testar a determinação, dar uma direção à vontade. Era o que pensava ao caminhar de volta para a moto. Talvez tenha mesmo feito a associação que me ocorre agora, a de que ela afinal era a minha flauta, ou a minha festa na esplanada do cassino: cortando o asfalto, patinando nos atalhos pedregosos, ou mesmo parada, como uma obra de arte numa varanda ou beira de estrada, era ela razão de eu estar ali, era ela o instrumento escolhido para o meu exercício de aprendizagem, tão prazeroso quanto desinteressado.

À noite, Federico usou o forno de barro perto do rancho para assar o leitão. As garotas não participaram dessa vez. Apenas nós quatro, que ficamos bebendo e conversando. Durante esse tempo, estiveram elas dentro da piscina, ou sentadas na beirada, embrulhadas nos roupões, protegidas da brisa noturna, com apenas os pés mergulhados na água quente. Em certo momento, levantei-me para ir à cabana. Ao passar pelas termas, parei um pouco. Fazia calor naquele pequeno espaço algo enevoado. Ingrid entretanto se queixou do frio, largou o roupão na beirada e desceu para a água. Sorria agora, com o prazer de flutuar, segurando o copo à altura do rosto. Perguntou-me se eu viria. Disse-lhe que naquela noite não. Sua amiga me perguntou de novo até quando ia ficar hospedado ali. Eu tinha me sentado por um momento, mas creio que não conversamos muito. Logo me levantei e caminhei para o rancho, de onde já me chamavam para o brinde final, que entretanto foi longo e renovado. Na volta, meu caminho me afastou das piscinas, mas ainda as vi e ouvi quando fechava a minha porta, quase duas horas da manhã.

O pouco mais de dia e meio que passei em Kümelen correspondeu ao nome do resort. É possível mesmo que em nenhum outro lugar ou momento da vida eu tenha estado tão subitamente integrado a um ambiente poucas horas antes desconhecido. Embora o centro de Termas fosse encantador e tivesse sido muito bom tomar uma cerveja no terraço do hotel central, assistindo ao baile dos idosos ao ar livre e à alegria das crianças em volta dos avós, e embora o museu do autódromo merecesse uma segunda visita, pela riqueza do seu acervo e pelo aconchego do bar, o melhor do meu tempo ali foi aquele que passei sentado na minha varanda, ou à beira da piscina conversando com as meninas, ouvindo-as rir envoltas no vapor, ou ainda caminhando com Federico, escutando seus planos de abrir uma pousada em alguma praia do Brasil.

Foi, portanto, com alguma pena que me despedi das moças na manhã seguinte, sem entender ainda direito para onde iriam, e logo depois de Matias e seu grupo, quando eu mesmo parti. Ainda acompanhei, por mensagens, o trajeto delas e lhes contei, semanas depois, as impressões de Córdoba.

Kümelen, nesse sentido, foi um imprevisto e uma lição. Eu tinha idealizado e planejado toda a viagem para que fosse uma aventura solitária. Agora, depois do desamparo do Chaco, ali estava eu, estranhamente integrado, com a sensação de que aqueles dias poderiam continuar indefinidamente.

Eu não tinha nenhuma pressa, mas tinha um objetivo que não era um destino, mas um estado de espírito: eu queria vivenciar, de moto, a sensação de estar isolado de tudo, no meio do deserto. Por isso, parti no domingo na direção de Cafayate.

CAPÍTULO 12

De Termas de Rio Hondo a Cafayate são menos de 270 quilômetros. Mas demorei boa parte do dia para percorrê-los.

Cafayate é uma joia, uma vila encantadora, rodeada de vinícolas. No caminho cheio de surpresas para chegar até lá, desde Termas, o trecho mais notável é a subida pela tortuosa 307 até a parte já marcada pela aridez dos planaltos andinos, quando ela entronca na mítica Ruta 40, que corta a Argentina desde o norte até o sul. Nesse trajeto, na encosta da montanha e nos vales cobertos de vegetação alta, as correntes de água criam grandes variações no tom de verde. Há muitos pontos de parada: um grande lago transparente, muitas curvas da estrada que de súbito descortinam um trecho de planície verdejante ou árida e, a vinte quilômetros de Tafí del Valle e cinquenta antes de chegar à Ruta 40, o ponto mais alto da província de Tucumán: o Parador El Infiernillo, situado a três mil metros de altitude, de onde se podem ver os vales e os morros em volta e sentir a amplidão. Na verdade, foi ali que me senti pela primeira vez nos Andes: não só pela paisagem, mas também pela sensação de peso ao caminhar, aspirando sem resultado de alívio imediato o ar rarefeito.

Já ao lado da Ruta 40, parei de novo, desta vez para visitar ruínas. E ali também, embora a altitude já fosse menor, o esforço das caminhadas morro acima e morro abaixo testou os limites do corpo sem experiência de montanhas.

Para chegar às ruínas é preciso sair da Ruta e seguir uns cinco quilômetros. A cidadela tem uma vista dominante sobre o vale. Sem a história, aquelas plataformas que vão subindo o morro, sobre as quais se distribuem paredes destruídas e restos de alicerces, não têm grande atrativo. Mas a visão se altera quando sabemos que ali, na cidade sagrada, viveram os Quilmes, que depois de lutar com os incas invasores e garantir o direito de continuar a viver nessas terras, enfrentaram os recém-chegados espanhóis. Resistiram, naquele monte que então começava a parecer-me um grande anfiteatro, por um século e meio, até serem finalmente derrotados e aprisionados. Os sobreviventes, cerca de duas mil pessoas, foram transferidos para uma reserva perto da cidade de Buenos Aires, numa viagem de mais de 1500 quilômetros, que foi feita a pé, deixando muitos mortos pelo caminho.

Havia pouca gente nas ruínas, como também tinha estado quase vazio o Parador. A época do ano, antes da chegada do verão, favorecia a viagem solitária.

Como em San Ignacio Miní, encontrei um canto sombreado, sentei-me, busquei alguma informação sobre o lugar, enquanto me recuperava da subida pela encosta, em busca de uma visão de conjunto. A custo me impedi de anotar qualquer coisa, resisti ao instinto de amenizar, com palavras, o que sentia. Apenas tomei água e, por impulso, despejei um pouco sobre a areia seca.

Descansado, tomei o caminho da descida. Meia hora depois, estava de novo sobre a moto. Em breve, a atenção ao ruído do motor e ao traçado da estrada, junto com o ar fresco entrando pelas narinas com a pressão da velocidade, conseguiu afastar de vez a sensação de sufocamento, enquanto eu descia para Cafayate. Mas cheguei exausto. Não do trajeto em si, que era muito curto. Em parte, talvez, por conta da emoção perante a beleza e o testemunho da história, que é sempre cruel – um pesadelo do qual se tenta em vão acordar, segundo uma frase famosa –, mas principalmente devido às caminhadas nos trechos de maior altitude. Porém não pude descansar.

A pousada que eu tinha reservado desde a estrada, por indicação do Hector, ficava ao lado da igreja. Praticamente parede-meia com ela. Espremida entre a catedral e um hotel com restaurante, era uma casa velha, que parece ter sido em tempos um armazém. Num pátio interno, onde vicejava um pequeno jardim de cactos, havia apenas cinco suítes enfileiradas junto à parede, quatro delas ocupadas naquele dia por aventureiros. Um grupo de trilheiros e outro de jipeiros, alojados dois ou três em cada quarto.

Sucedeu que cheguei num domingo de festa religiosa. Na verdade, numa ocasião muito especial, na qual se comemoravam os cinquenta anos da prelatura. Por isso, de toda a província vinham comitivas de romeiros, carregando bandeiras e andores com seus santos protetores.

Na frente da catedral tinham montado um palco, dominado por um animado locutor, que era também cantor. Assim que uma comitiva apontava no fim da rua, os sinos repicavam e o locutor se animava. Para mim, com a cabeça a 10 centímetros da parede, que funcionava como um amplificador das batidas do sino, e a uns 40 metros do padre-cantor, a saudação de chegada era muito impactante.

Sem conseguir descansar, depois da segunda ou da terceira comitiva desde que ali me deitara, desisti e fui me juntar à festa. Fiquei então sabendo que estavam previstas chegadas até o fim do dia, e que as rezas e procissões prosseguiriam até à meia-noite, quando haveria uma grande algazarra. E fogos.

Pensei que na segunda-feira estaria livre do sino e do cantor, mas logo descobri que não. O domingo tinha sido só a preparação: a festa de verdade era no dia 7 de outubro, e começaria às 7:30h, sendo destaque uma reza contínua a partir das 9 horas (no palco, com alto-falante, deduzi...), enquanto chegassem os peregrinos, aos quais seria dedicada uma missa ao meio-dia. Por fim, uma grande procissão encerraria, no período da tarde, a data sagrada.

Sem conseguir descansar, resolvi cansar-me um pouco mais, para dormir à noite ao som dos sinos e da agitação da festa. Por essa altura, tinha já resolvido abreviar a estadia em Cafayate, porque o feriado e a multidão tiravam boa parte do encanto da pequena vila. E como queria escapar do sino e do padre cantor, aproveitei o final da tarde para visitar os Castillos. No dia seguinte os veria de novo, pois estariam na minha rota, mas seria então sob a luz mais tímida da manhã, que não os iluminaria frontalmente.

E procedi bem. Sem pressa, fui rodando com a moto a favor do sol, vendo o reflexo longo que ela projetava sobre a estrada. Aos poucos, banhados na mesma luz avermelhada do dia que caminhava para o fim, os Castillos se foram erguendo no horizonte, até que se apresentaram de corpo inteiro. São formações rochosas, altas e coloridas. Diferentemente daquelas esculpidas pelo vento, que adquirem formas arredondadas, os Castillos resultam da movimentação de placas tectônicas, por isso se erguem do chão em linhas retas. As quinas agudas e as formas retangulares lembram de fato muralhas, construções humanas. Naquele horário, o sol quase poente, incidindo de frente, pintava-os de vermelho vivo. Não cheguei até muito perto deles, nem sei se haveria como fazê-lo, pois teria de transpor o rio das Conchas. Portanto, apenas estacionei no acostamento, no ponto mais próximo possível.

Quando voltei para a moto ainda havia um pouco de sol, então fui adiante, com a intenção de visitar a Garganta del Diablo. Ali, andando entre as rochas escarpadas, num cenário fantasmagórico, onde os paredões irregulares pareciam mais altos e as covas pareciam mais profundas por conta da noite que descia adensando as sombras, esperei pela lua crescente, que entretanto demorou a se fazer presente.

Quando cheguei à cidade, já era noite fechada e a praça estava lotada de peregrinos e famílias com crianças. Tive de pedir à polícia que tirasse a barreira e apartasse a multidão, para eu pudesse entrar com a moto por ali em segurança, até conseguir estacioná-la sob a tenda de lona na calçada. Enquanto guardava o capacete no *tourpack*, disse a um dos guardas, que estava bem ao lado, que a moto estava quente e por isso era preciso evitar que as crianças se aproximassem muito. Que não me preocupasse, respondeu, ninguém ia mexer na moto, a cidade era tranquila e ele estaria por ali.

Se estivesse acompanhado, e não fosse o dia da festa, Cafayate seria a cidade ideal. Sozinho, palmilhei a praça, observando os festejos. Fazia um pouco de frio. Mesmo assim, caminhei até quase os limites da vila, em busca de

um lugar sossegado, onde pudesse jantar e só retornei
à pousada, aquecido por dentro, quando estava pronto
para dormir, quase totalmente imune ao barulho da rua
e da igreja.

CAPÍTULO 13

Vejo agora que tenho contado o percurso, sem nada dizer sobre a moto. E vejo também que, como iniciei a narrativa da viagem no meio do caminho, nada contei dos preparativos concretos para ela. Tampouco, no embalo da recordação, prossegui no assunto da paixão pelas duas rodas, despertadas pela velha BSA, ainda na infância.

A verdade é que depois daquelas corridas pelas estradas de terra antes que acabasse a bateria, não pude mais andar de motocicleta. As que havia, na minha juventude, eram importadas. E caras. Em Matão, tive namoros platônicos, contra a vontade e além das posses da família. Uma Honda 200 cilindradas, com uma faixa de gomos de courvin sobre o tanque foi a primeira namorada, que não consegui conquistar. Em pouco tempo, troquei-a na imaginação por uma CB 400, quatro cilindros, de um azul tão profundo quanto o que eu encontraria nos lagos do alto da montanha. Mas a paixão mais sofrida, porque

86 • PAULO FRANCHETTI

mais intensa, foi a que acometeu algum tempo depois, por uma CB 750. Ainda me lembro de várias vezes ficar parado na rua, fixado numa vitrine de loja, admirando cada linha do seu desenho, como também me lembro quando alguém a comprou e a vi e ouvi várias vezes pelas ruas da cidade.

Minhas paixões deviam dar na vista, pois quando fiz dezoito anos meu pai me deu de presente outro sonho, um Karmann-Ghia vermelho. Mas não pôs no meu nome, por prudência, e ainda assim me fez prometer que eu jamais iria trocar aquele carro ou qualquer outro que se originasse dele com uma motocicleta.

Só consegui comprar a primeira, por isso, no início de 1979, já com três anos de emprego e dois de casamento.

Eu tinha feito curso de Letras e, a seguir, uma especialização. Mas estava, como sempre estive e creio que ainda estou hoje, em dúvida sobre o que deveria ter feito. A verdade é que escolhi o curso porque gostava de ler e de escrever e naquele tempo um professor secundário tinha o que eu julgava ser um longo período de férias: 4 meses, um em julho, mais três de dezembro até o final de fevereiro. Ter quatro meses para ler e escrever todos os anos me parecia então uma promessa de paraíso na terra. O que, ou por mudanças no calendário escolar, ou porque eu ignorava em que consistia o trabalho do professor, revelou-se logo ilusório.

Sempre gostei de mecânica e trabalhos manuais. Os Franchettis, como tantas outras famílias da minha cidade natal, tinham vindo do Vêneto. Deviam ser artesãos no país de origem. Daí a pujança industrial da pequena cidade italiana em que cresci, mais conhecida durante certo tempo pelas fábricas de implementos agrícolas que ostentavam sobrenomes típicos da região à volta de Veneza. E explica por que ter uma oficina e fazer as próprias ferramentas ou móveis era uma questão de honra na família

A oficina do avô paterno, no norte do Paraná, para onde a família há tempos se tinha transferido, era a mais completa: além de permitir o trabalho em madeira, tinha forja e bigorna. Como todo Franchetti, meu pai também tinha a sua, com torno, lixadeira, furadeira, bigorna e um grande quadro de ferramentas sobre uma bancada de carpinteiro. Nela, desde pequeno tinha trabalhado com ele, como passatempo. E com ele também tinha feito um curso de manutenção básica de automóveis. Por isso meu Karmann-Guia raramente via a oficina. E depois, nos fuscas e no Gol refrigerado a ar, encontrei bom divertimento nas manutenções mais simples.

Quando fui comprar a primeira moto, estava bastante indeciso sobre o meu futuro. Tinha tido uma oferta para ser assistente de um professor belga, numa universidade canadense, mas tinha me casado há pouco e essa deixou rapidamente de ser uma possibilidade, por inconciliável com o novo estado civil. O trabalho numa escola de segundo grau e o mestrado corriam bem, mas o ambiente universitário – que odiei no começo e continuei a detestar até me aposentar – me fazia pensar seriamente em mudar o rumo da vida. O que então sucedeu alimentou, por algum tempo, a dúvida.

Acontece que o vendedor e eu descobrimos, ao preencher a documentação, que éramos parentes, por conta de um ascendente libanês comum, que imigrou para a região de Rio Preto. Ele, por sua vez, gerente da loja, era primo, por outro ramo familiar, do proprietário. Estávamos, portanto, em família. Por isso, quando manifestei o meu desejo de aprender a fazer manutenção de motocicletas, ambos me abriram as portas da oficina, de modo que, dentro de um macacão de mecânico, lá estive aplicadamente durante muitas manhãs nos meses seguintes.

Aprendi o básico, trabalhando como ajudante, no dia a dia da oficina. Tratei então de copiar o manual de manutenção da Yamaha e, logo depois, o da Honda, e comprei uma coleção de livros, em três volumes de capa dura, intitulada *Mecânica de Motos*. Por fim, adaptei um quartinho nos fundos da minha casa aos novos interesses, compondo um painel de ferramentas – que incluía agora um paquímetro e um torquímetro, entre outras novidades e completos jogos de chaves fixas, estrela e de soquete, tanto em milímetros quanto, por preciosismo, em polegadas –, de modo que aquele cômodo, que era também escritório, passou a representar o momento com precisão, tornando-se uma mistura confusa de oficina e biblioteca. Ali passaram a conviver, no arranjo possível

A MÃO DO DESERTO ❦ 89

dentro do espaço miúdo, uma mesa de trabalho, habitada por uma máquina de escrever e muitos livros e cadernos de apontamentos, e uma pequena bancada de madeira, sob um grande painel todo perfurado, no qual o desenho de cada ferramenta indicava seu lugar correto.

Usei esse espaço no período de dúvidas quanto ao futuro. Ali fiz a manutenção das minhas motos, pois logo substituí a RX por duas Hondas Turunas e um ano mais tarde por uma CB 400, e também a manutenção de motos de amigos. E ali também escrevi, junto com um colega de mestrado e companheiro de aventuras intelectuais e roqueiras, Alcir Pécora, nosso primeiro livro, bem como outros trabalhos.

Alcir, aliás, foi o único ponto de história comum entre a minha vida sobre duas rodas e aquela entre livros. Não só porque ele, embora não parecesse ter interesse nenhum por pilotar, gostasse de ouvir os relatos das viagens que eu fazia (como gosta até hoje), mas também porque assim que terminamos o primeiro livro tivemos de ir discuti-lo com os editores, em São Paulo. E fomos de moto, o que quase foi fatal para o projeto de livro, pois em certo momento da Anhanguera o pneu traseiro estourou numa situação complicada.

Lembro-me de que um caminhão vinha logo atrás e se pôs furiosamente a buzinar, talvez para evitar que parássemos na pista. Sem saber bem o que fazia ou devia fazer, apoiei os dois pés no chão. A moto rabeou, dançou para um lado e para o outro. Alcir deve ter ficado firme, pois não caiu e nem me lembro de ele ter gritado ou feito alguma coisa impensada enquanto meus pés deslizavam sobre o asfalto e se esquentavam quase a ponto de me queimar, a sola de couro dos sapatos se gastando rápido, até que foi possível diminuir a velocidade para entrar no acostamento.

Outro caminhoneiro levou nossa moto a Jundiaí, onde trocamos o pneu para seguir viagem. Chegamos, com quase duas horas de atraso, ao compromisso na Editora Abril e felizmente pudemos fazer que aprovassem o estudo divertido e irreverente que foi o nosso contributo para a fortuna crítica de Rubem Braga.

Quando já tínhamos sido resgatados e nos apertávamos na cabine do caminhão benfazejo, disse-me Alcir, como quem apenas pensasse em voz alta: "Já imaginou a perda para a crítica brasileira se tivéssemos morrido hoje?" Quanto a ele, o mais brilhante da nossa geração, estava certo. Mas quanto a mim, que até já pensava em mudar o rumo da vida, parecia apenas uma frase bem humorada, gerada pelo susto. E foi por isso que caí no riso.

Não creio que o meu parceiro tenha, depois disso, voltado a subir numa moto. Eu, por outro lado, continuei e, ao longo dos anos, passei por outros percalços como esse. Um dos quais aparecerá ao longo desta narrativa.

Com as 125 e, depois, com as CB 400 e 450, fiz as primeiras viagens mais longas, sozinho ou com garupa. E por conta do gosto crescente pela vida em duas rodas e pela mecânica, fiz boa amizade com dois vendedores autônomos de motos e carros usados, passando a conhecer melhor aquele universo e considerando seriamente a hipótese de abandonar o mestrado para começar uma nova carreira nesse ramo de negócios. Para alguém que passara a existência lendo e escrevendo, a experiência de contato com esse meio era – ou ao menos parecia – um mergulho cheio de novidades na realidade e na vida prática.

Quanto mais eu me ambientava nesse mundo, porém, mais claro ficava para mim que não era o caso de mudar o rumo da vida. Não nessa direção. Primeiro porque eu não tinha ainda capital para montar uma oficina ou uma loja, nem experiência nisso; segundo porque, enquanto ajudava desinteressada e cotidianamente um desses amigos na compra e venda de motos usadas, fui dando conta de que a partir de certo momento a motocicleta deixava de ser um objeto de contemplação ou de desejo e realização pessoal, passando a ser um mero produto, cujo preço de compra ou de venda eu começava a calcular de imediato, ao primeiro contato, com um exame rápido do estado geral. Também as pessoas da minha relação começavam a querer definir-se como prováveis compradores ou possíveis vendedores das motos que eu poderia comercializar. Além disso, um negócio aberto significaria uma espécie de compromisso em tempo integral, ficando o lazer restrito aos finais de semana – se tanto. Ora, como estudante e professor com horário reduzido, pois a escola na qual trabalhava pagava bem e não exigia tempo integral, eu me acostumara a poder andar de moto mais livremente, aproveitando janelas no trabalho ou feriados prolongados, bem como os períodos de recesso. Dei por isso por encerrado o namoro com a vida comercial. E voltei aos estudos. E aos passeios.

CAPÍTULO 14

Essa longa digressão veio interromper a narrativa da viagem não só porque de alguma forma contribui para explicar por que a expedição ao Atacama teve tanta importância, ocorrendo na idade em que ocorreu, mas também por conta de achar que devia escrever sobre a preparação para ela e, nesse tópico, discutir a necessidade ou conveniência de levar ou não levar ferramentas. Mas vejo agora que terminei por não falar nem da moto, nem das ferramentas.

Então vamos a ela e a elas. Será, por certo, um capítulo de escopo mais restrito. Um capítulo que alguém que não esteja interessado em pormenores técnicos pode saltar despreocupadamente.

A moto era uma GS 1200 Adventure, vermelha, rebaixada de fábrica, ano e modelo 2017, que comprei especificamente para fazer essa viagem. Uma moto adorável e, se não fosse pela circunstância que adiante contarei, provavelmente estaria ainda comigo. Era muito bela. Eu diria mesmo que era a mais bela de seu tipo e modelo. Além disso, eu pensava em manter comigo como um troféu ou um amuleto, por muitos anos, a parceira de tantos dias e rotas memoráveis.

Foram vários os motivos que me levaram a decidir por ela, dentre tantas que considerei. Apesar de nos últimos tempos terem surgido alguns detratores – talvez por conta do preço nacional, talvez por simples despeito decorrente dele –, a mecânica da BMW sempre me pareceu excepcional e confiável. Além disso, sua suspensão tem conforto extraordinário em qualquer piso e o cardã, numa viagem longa, não exige os cuidados e os trabalhos constantes de uma corrente. Para algumas pessoas o modelo que escolhi parece muito grande, com o seu tanque de trinta litros. Mas é sem dúvida o melhor para andar por lugares onde se pode percorrer quinhentos ou seiscentos quilômetros sem um só ponto de abastecimento, ou onde pode haver um posto no meio do caminho, porém sem combustível para vender. (Mesmo assim, levei um tanque extra, de um galão, acoplado na parte posterior da mala esquerda, o que me garantia, no total, pelo menos setecentos quilômetros de autonomia em velocidade controlada.) Além do tanque enorme, a GSA já vem de fábrica plenamente equipada: faróis auxiliares para pilotagem noturna, pedaleira com garras, para maior firmeza em aventuras *off road*, protetores de carenagem e de motor, além de ferragens para instalação de malas. Como não é prudente fazer uma longa viagem numa BMW sem proteger ao menos os grandes cilindros horizontais, que são os primeiros a atingir o solo em caso de queda, outro modelo da marca exigiria acessórios, originais ou não, que não seriam cobertos pelo seguro padrão. Nessa versão, a moto dispõe ainda de um banco mais confortável e, principalmente, de um para-brisa sensivelmente maior, que, acrescido de um defletor, oferece muito boa proteção contra chuva, frio, pedriscos e, principalmente, insetos. Por fim, o rebaixamento: para minha estatura, 1,77 m, a GSA normal é alta; essa versão que escolhi vem de fábrica 4 centímetros mais baixa. Numa parada em desnível, o risco de derrubar uma GSA padrão é grande no meu caso, e conseguir apoiar apenas um pé inteiramente no solo me parece, além de desconfortável, perigoso, tanto para manobras, quanto para uma parada simples num piso irregular, com depressões, ou mesmo no asfalto coberto de areia ou de manchas de óleo, como nos postos de pedágio.

Não foi essa a minha primeira BMW. Tive antes duas de um modelo estradeiro, denominado R 1200 RT. A RT é basicamente, do ponto de vista mecânico e de suspensão, a GS, mas é toda carenada e vem de série com malas laterais grandes, de fibra, aerodinâmicas e pintadas na cor da moto. Possui ainda confortos extras como um enorme para-brisa elétrico com ajuste infinito, equipamento de som e aquecimento de bancos. Para quem vai andar apenas no asfalto, é a moto ideal. Mas não para esta viagem, como já se viu e mais adiante se verá. Também tive uma *sport-touring*, a R 1100 RS, ano 1993, e ainda um modelo algo ambíguo, entre big trail e esportiva, de que gostei menos, apesar da potência brutal do motor de quatro cilindros, justamente por não ser nem uma coisa nem outra: a S 1000 XR. Portanto, tinha boas experiências com a marca e grande confiança nela.

Para essa viagem instalei ainda um reforço no para-brisa, porque o impacto do vento ao cruzar carros e caminhões em velocidade numa pista simples exige muito da estrutura original da moto, e uma pedaleira avançada e elevada, que me permitiria alongar as pernas quando um trecho de percurso se estendesse muito. No que diz respeito a equipamentos pessoais, comprei uma mochila com reservatório de água e uma pequena bolsa de engate rápido, que se prende no bocal do tanque, para ter sempre à mão documentos, máquina fotográfica, celular e carteira.

A mochila foi a providência mais acertada: nas longas retas argentinas e chilenas ou galgando altitudes de três ou quatro mil metros, tomar muita água permitiu evitar ou minimizar o cansaço, o sono e o mal das alturas. Por fim, itens não tão usuais, mas que salvaram a parte final da viagem: joelheiras resistentes e removíveis, para usar em vez das frouxas proteções embutidas nas calças de motociclismo, e um protetor da parte baixa da coluna vertebral.

Além disso, levei um conjunto algo robusto de ferramentas.

Quando se fala em ferramentas, sempre aparece alguém para dizer que são inúteis, que são literalmente peso-morto. Em certo sentido, é verdade, porque as motocicletas modernas são muito diferentes das Yamahas e Hondas de pequena cilindrada e carburadas, como aquelas do tempo em que comecei a mexer em motores. De fato, para a maior parte de nós, são mesmo de pouca serventia perante o enorme aparato eletrônico que exige scanners e instrumental específico. Mas me convenci a levar sempre um conjunto razoável, mesmo perdendo espaço e aumentando o peso das malas, depois de uma conversa com o mecânico que cuida das minhas motos.

Karl é também motociclista, de longa data e longo curso. Seu argumento foi claro: como ele, muitos mecânicos de motos são também viajantes sobre duas rodas e fazem os mesmos percursos que todos nós fazemos ao menos uma vez na vida: Atacama, Ushuaia, Estrada Real, praias nordestinas, Serras Gaúchas, Serra do Rio do Rastro... Se tivermos uma pane na estrada, com alguma sorte podemos ser socorridos por alguém que conheça mecânica e possa resolver o problema, desde que tenha as ferramentas apropriadas.

A última vez que me encontrei com o Karl em viagem foi no mirante da grande geleira de El Calafate, no sul da Argentina. Eu não estava de moto, mas ele estava. E sua viagem era também até o Ushuaia, como a minha. Karl estava pilotando uma Yamaha, com as ferramentas necessárias àquela moto. Mas se eu estivesse, na ocasião, com algum problema simples na minha Harley-Davidson, sem ferramentas próprias ele pouco poderia fazer para me ajudar. E assim como ele, tantos outros.

Desde então levo o básico: as chaves para tirar as rodas, incluindo a usada para sacar o eixo dianteiro – pois borracheiro é fácil de encontrar; um que saiba e se disponha a tirar e recolocar uma roda dianteira de BMW já não é tão comum. Além dessas e de outras chaves, algumas coisas de possível utilidade em emergências: *kit* de reparo de pneus, com compressor; colas; massa epóxi; arame; vários tamanhos de fita Hellermann; corda; lanterna de sinalização. E, claro, uma cópia digital do manual da moto. Para poder usar minimamente o que levei, assisti, antes de partir, a vários vídeos de consertos simples e observei atentamente, na oficina, como se trocavam os pneus. O *kit* de reparo inclui cápsulas de CO_2, que permitem encher rapidamente o pneu depois de resolvido o problema do furo. Felizmente, não precisei utilizá-lo. Entretanto, fiz bem em levar um compressor, não apenas porque assim ganhava autonomia na calibragem, sem ter de procurar um posto quando saísse pela manhã, mas principalmente porque eu tinha lido e pude comprovar que em vários lugares do Chile e da Argentina os calibradores de postos de gasolina ou de borracharias terminam por uma haste de metal muito longa, que pode ser prática para carros e caminhões, mas que torna impossível sua utilização numa motocicleta que não tenha válvula em noventa graus. Ainda mais em uma que tenha duas grandes malas laterais. Por fim, sempre levo com as ferramentas um cabo de aço com cadeado, para prender na roda ou no disco do freio quando a moto tiver de ficar num lugar exposto. Para evitar dissabores, levo ainda uma longa fita vermelha, que vai unir o cadeado à manete do acelerador, com duas funções: tornar bem visível desde longe a algum interessado que a moto está segura, e impedir que eu mesmo, distraído, tente sair com ela sem retirar a proteção.

Um último registro: preparei-me para a viagem não apenas com um breve treino de pilotagem fora de estrada, que me garantiu tranquilidade para aventuras no rípio ou na brita, mas principalmente com um curso de programação e utilização de GPS, que se revelou uma ótima providência, pois graças a ele pude sair de casa com muitos lugares de interesse e alojamento já marcados e com várias rotas alternativas para os destinos previstos: por asfalto ou por terra, em percursos mais curtos e diretos, ou mais alongados e em princípio mais bonitos. Além disso, baixei vários arquivos de POIs (pontos de interesse), dispondo assim da indicação instantânea de controladores de velocidade e lombadas, de postos de polícia e zonas de perigo, bem como dos fatídicos badenes, que são depressões na pista para escoamento da água vinda das montanhas e que frequentemente estão cheios de pedras e detritos acumulados na última chuva. Como derradeiro equipamento de segurança, tratei de obter o rastreador satelital.

CAPÍTULO 15

De Cafayate a Salta são cerca de duzentos quilômetros, que fiz em sete horas, porque a estrada é uma maravilha seguida de outra maravilha. Começa pelas formações rochosas que eu tinha visitado no dia anterior e depois prossegue por paisagens inesperadas.

Ao nos aproximarmos de Salta, impressiona a explosão de verdes: o deserto dá lugar a uma vegetação intensa, alegre e vistosa, que contrasta brutalmente com as cores belas, porém desoladas, do que veio antes.

Na poesia japonesa há um conceito estético que não tem equivalente entre nós: *sabi*. *Sabi* se aplica a poemas caracterizados pelo clima de solidão e de tranquilidade. Um texto ou mesmo uma pintura tem *sabi* quando mostra a calma, a resignada solidão do homem no meio da beleza brilhante, da grandeza do universo.

Muitas vezes esse termo aparece associado a *wabi*, que também conota solidão, mas desta vez com referência ao estado emocional da vida do eremita, do asceta. Designa um calmo saboreio dos aspectos agradáveis da pobreza, do despojamento que liberta o espírito dos desejos que o prendem ao mundo. É *wabi* a arte que, com o mínimo de elementos, obtém o suficiente para que se dê conta do momento de integração entre o homem e o que o rodeia.

Sabi foi o que eu experimentei em muitos momentos dessa viagem, mas de modo particularmente intenso nesse trecho do caminho, em longas paradas nas quais a contemplação da beleza chocante produzia silêncio interior e aumentava, assim, o sentimento de solidão. Esse tipo de solidão quase sem palavras, passado o estágio do susto, tinha impacto bom, revigorante, apaziguador. Aflorava aí muito forte a consciência da minha condição real. Fragilidade, transitoriedade, imponderabilidade não surgiam como conceitos ou ameaças vagas, mas como sensações. Estranhamente, como coisas quase palpáveis. Ao mesmo tempo, esse afastamento, ainda que muito rápido, de tudo que fosse imediatamente humano ou domado pelos laços de momento com outras pessoas, fazia com que me sentisse mais próximo de tudo o que me rodeava e entrava pelos meus olhos, narinas e ouvidos, ou apenas roçava ou impressionava a minha pele.

A experiência do *wabi* foi também constante, seja nas paradas em ranchos abandonados em beiras de estrada, seja na alegria de uma cerveja no quintal da minha cabana de San Pedro de Atacama, ou ainda nas muitas refeições ligeiras em campo aberto ou num quarto simples de hotel, enquanto as roupas secavam penduradas num varal entre a porta e a janela.

Numa dessas paradas, num vale desolado, rodeado de montanhas pedregosas, fixei o olhar e o espírito no leito quase seco de um rio e vi que nele serpenteava, entretanto, a água da estação. Era pouca, mas suficiente para alimentar o verde humilde à sua volta. Tive a tentação de ler a paisagem como símbolo, lembrando dos amigos no Brasil. Pensei que lhes poderia escrever dizendo algo sobre aqueles fios de água e de vida. Não consegui, num primeiro momento, como se vê, me livrar dessa ideia, mas logo percebi que era de novo um ardil, uma forma de aplacar o impacto da beleza que era maior sem palavras nem alegorias, e desfiz mentalmente a associação.

No entanto, não resisti e acabei fazendo, ali como em outras partes, muitas fotos com o celular e com a câmera, contrariando o propósito de não fotografar em momentos intensos ao longo da viagem, guardando apenas na memória o que terminasse por nela se imprimir por força própria. Mas a verdade é que raramente consegui ser fiel à intenção inicial, pois de regra não consegui evitar esse gesto meio desesperado de tentar agarrar e manter, de alguma forma, algo que parecia transbordar da minha capacidade de apreensão.

Tenho referido aqui e ali as vantagens da viagem sem companhia. E esta é a prova: foi só por estar sozinho, sem companheiro de moto e sem garupa, que pude usar sete horas para percorrer duzentos e poucos quilômetros. Porque além das paradas, houve desvios. Não necessariamente recompensadores em si mesmos, mas sempre gratificantes como experiência de liberdade e sentimento de descoberta. Por exemplo, em certo ponto da estrada, vislumbrei um grande lago à esquerda e a boa distância. E para ele, sem pensar duas vezes, por impulso, tracei o rumo. Lá chegando, andei ao acaso pelas estradas que subiam e desciam uma pequena colina, cheguei a um píer turístico, que contornei sem parar, até encontrar um lugar de onde pudesse apreciar o contraste da água com as montanhas secas. Em seguida, estacionei a moto na frente de uma casa onde uma família estabeleceu um comércio precário e procurei algo para comprar, só para ter um pretexto para alguma conversa sobre a vida naquele lugar e assim sentir aquele ambiente humano.

Outra vantagem da viagem solitária é que nos tornamos mais disponíveis tanto para mudanças de rumo, quanto para encontros com pessoas, pois por algum motivo a motocicleta tende a remover barreiras. Pessoas que viajam de carro, quando se encontram com outras num mirante, num restaurante ou num posto de gasolina dificilmente se aproximam. É muito difícil que um motorista aborde outro motorista, perguntando de onde vem, para onde vai, se está tudo bem ou se precisa de orientação ou ajuda. Pareceria estranha tal iniciativa. Mas as pessoas que saem de um carro num lugar desses e se deparam com um motociclista frequentemente se sentem à vontade para puxar conversa. Já quando se deparam não com um motociclista, mas com um grupo de motociclistas, a espontaneidade é bem menor ou tende a desaparecer. Não é, porém, um caminho de mão única: o viajante solitário, por sua vez, não tendo compromisso de grupo, está mais atento ao ambiente e às pessoas; e como não tem nenhuma bolha a protegê-lo ou limitá-lo, está sempre mais disponível ao contato externo.

Isso também é verdade no convívio propriamente motociclístico, porque quando dois grupos de motociclistas se encontram, normalmente se cumprimentam à distância, mas o contato não costuma ir além de uma rápida troca de palavras. Se um dos integrantes é mais expansivo, puxa conversa. Mas raramente existe de fato aproximação. Já entre dois viajantes solitários, o apoio mútuo é natural. E entre um viajante e um grupo de motociclistas parece ainda mais fácil a aproximação e a integração. Um bom exemplo é o que sucedeu num posto de gasolina, no caminho para Salta, quando encontrei um comboio de três portenhos.

Alejandro e seus amigos me contaram que estavam indo para Cachi, e que adiante pegariam a 33. Eu sabia que rota era essa, pois tinha visto muitas fotografias da Cuesta del Obispo e tinha me decidido a visitá-la quando voltasse de carro no ano seguinte, com a Val. Naquele momento, portanto, não planejava ir a Cachi. Contei-lhes o meu destino e eles o deles. Falamos do ritmo da viagem e disseram que não iam rápido. Pelo contrário, iam devagar, de acordo com a necessidade de um deles, que andava menos e tinha menos experiência.

Como a estrada que pegariam era de rípio, isto é, uma via de terra com cascalho ou seixos, Alejandro me perguntou quantas libras eu achava aconselhável baixar na pressão dos pneus. Muita gente gosta de baixar a pressão não só para andar na areia, como também no rípio. Foi o conselho que me deu o instrutor, quanto fiz um breve curso de *off road*. De fato, para aquelas ondulações que chamamos de "costelas-de-vaca" e os argentinos de "serruchos", a pressão faz muita diferença. Mas andando sozinho, sempre achei que era melhor o desconforto da trepidação do que o risco de ter um pneu furado. Por isso em toda essa viagem, independente do trecho, andei com os pneus na pressão recomendada pelo fabricante, apenas diminuindo a velocidade e redobrando o cuidado, quando havia risco de resvalar.

Eles, porém, iam baixar, então lhes disse o que pensava, em termos de libras. Ainda conversamos um pouco sobre as motos. Eles tinham acabado de chegar e iam comer um lanche, então nos despedimos sem saber que o acaso faria com que nos reencontrássemos num lugar imprevisto e que por fim estaríamos celebrando juntos um terceiro encontro, no jantar que ficou interrompido no final do capítulo quarto.

CAPÍTULO 16

Quando passei pelo entroncamento da 33, que conduzia a Cachi, mudei de ideia. Resolvi entrar por ali, pois ainda era cedo e eu mais uma vez não fazia nenhuma questão de chegar ao destino do dia. E não me arrependi.

A Cuesta del Obispo é deslumbrante. A estrada vai subindo os montes em curvas apertadas. Tive a sorte de não haver trânsito e poder assim andar devagar ou rapidamente, conforme o interesse da paisagem e o estado do piso, e de poder estacionar a moto no acostamento ou mesmo sobre a pista, porque o silêncio era tal que eu poderia ouvir um som de motor a muitos quilômetros de distância.

Em vários pontos deixei a moto com a sinaleira acesa por precaução talvez exagerada e caminhei um pouco, só pelo prazer de escutar os meus passos. Cedi mesmo, em dois momentos, à tentação de me aproximar da beirada dos cânions, embalado pelo ruído do vento e pelo esparso grito das aves, para sentir a vertigem da altura e o perigo da queda. Sobre a moto, a cada volta mais importante do caminho, tinha de me controlar para não parar e contemplar um aspecto novo do vale, onde se alternavam o verde vivo, o marrom do solo quase nu e os cânions, que vistos desde o alto eram como rachaduras na pele da terra seca.

Fui assim, parando, rodando devagar ou girando a manopla com entusiasmo, no limite do risco, até pouco adiante da Piedra del Molino, de onde resolvi regressar.

O caminho da volta, invertida a direção da marcha, fez com que se abrissem outros ângulos do Valle Encantado, que merece o nome. Em certo ponto, cruzei com os portenhos, que, como previsto, ainda se tinham demorado bastante tempo no posto de serviço. Vinham devagar e quase tive inveja deles. Hemingway disse, em algum momento da sua velhice, que daria muito dinheiro em troca do prazer de ler pela primeira vez algum dos livros de que mais tinha gostado. Era assim que me sentia, sabendo o maravilhamento que os aguardava e desejando poder outra vez experimentar aquela descoberta.

Agora, entretanto, era a vez deles, o seu turno. Por isso, para não os atrasar e não ceder à tentação de dizer algo que fatalmente não estaria à altura de tudo o que tinha visto e sentido, não fiz menção de parar. Apenas diminuí a velocidade, até o mínimo para não ter de pôr o pé no chão, saudei-os com alegria, gritei um "até breve", e continuei, acelerando novamente, na direção do entroncamento da estrada.

Depois do rípio, o asfalto fica convidativo. E a estrada conservada, embora com poucas curvas acentuadas, permitiu arredondar um pouco os pneus judiados nas longas retas do Chaco. E assim prossegui até chegar a Salta, la Linda, no comecinho da tarde.

O alojamento do Hector é um conjunto de suítes funcionais. A princípio pensei, pela aparência externa, que fossem containers empilhados. Mas ao entrar no meu quarto percebi que era muito amplo para ser um container. Na verdade, como vim a saber, era outra coisa: uma estrutura de aço, revestida de placas de cimento ou gesso, pois Salta é famosa, entre outras coisas, pelos seus muitos terremotos.

Naqueles dias, ele estava em viagem com um grupo de jipeiros. O que foi bom, porque pude guardar a moto com toda a facilidade e sobra de espaço na sua garagem, mas mau porque eu tinha ouvido falar muito dele e gostaria de o ter conhecido e de poder agradecer-lhe pessoalmente duas coisas: as indicações que me deu, e a autorização para incluir o seu contato no rastreador satelital, para o caso de necessidade de ajuda ou de resgate na região de Salta ou na Puna do Atacama.

Ao retirar a bagagem, tive, porém, uma surpresa. Sucede que, na noite anterior, no jantar no restaurante longe da catedral de Cafayate, eu tinha pedido um vinho do lugar. A caminho do restaurante, eu já tinha tomado um conhaque num bar da praça, para amenizar a sensação de frio, e por isso não terminei a garrafa junto com o jantar. Não querendo desperdiçar a bebida, levei-a para Salta. Por conta disso, minha primeira atividade ali, embora eu quisesse logo rodar pela cidade, foi limpar ferramentas e lavar roupas, pois a garrafa abriu com o calor e naquele momento tudo naquela mala – a mais imprópria para levar a garrafa pois era a que envolvia o escapamento – estava tingido de roxo, exalando um perfume ainda bom e sedutor, porém inteiramente fora de hora e de lugar.

Depois de limpar as ferramentas e pulverizá-las com óleo, lavei as roupas no tanque do quintal, e as estendi num varal improvisado no meu quarto. Só então fui cuidar da moto. Limpei o mínimo, pois queria logo ir à cidade: o para-brisa e o farol, ambos imundos de insetos e poeira. Foi então que reparei que o motor estava coberto de uma gosma esverdeada. Passei o dedo e cheirei: não parecia óleo. Mas tinha cor de óleo e uma textura quase de óleo. Parecia muito improvável ser um vazamento, porque a mancha esverdeada se espalhava tanto pela parte lateral do cilindro quanto pela superior. Na verdade, mais até pela parte superior, subindo um pouco pelo bloco do motor. Fosse óleo, pensei, estaria concentrado na parte inferior.

Por via das dúvidas, como eu ainda teria todo o dia seguinte para conhecer a cidade, fui à concessionária da BMW, para consultar um mecânico e saber que óleo poderia ser aquele, se é que era óleo, e qual seria, em caso de infelicidade, a grandeza do problema.

Quando disse ao consultor qual era o motivo da visita ele olhou para a moto e depois para mim, com uma impressão de desconcerto. Só então olhei eu mesmo para o bloco do motor e para os cilindros e percebi o motivo: não havia nada, exceto bastante sujeira de terra seca. Ocorreu-me, naquele momento, uma explicação para o fenômeno, mas me calei e tentei apenas desviar o assunto. O consultor me garantiu que, fosse o que fosse que eu tivesse visto, óleo seguramente não era, nem fluido de freio, nem de radiador. Que eu ficasse sossegado. Mas também me disse que gostaria de dar uma geral na moto, já que eu ainda tinha muita estrada pela frente. Ali mesmo conferiu o nível do óleo, verificou no painel a carga da bateria e por fim inspecionou as pastilhas de freio. As traseiras estavam ainda boas, mas ele me sugeriu que as trocasse e guardasse as que estavam ali para alguma eventualidade. Concordei.

De volta ao alojamento, testei a minha hipótese: esperei a moto esfriar, peguei um pouco de água e derramei-a sobre o tanque, deixando que escorresse. E lá surgiu de novo o fenômeno da cor esverdeada, confirmando o que suspeitava: eu tinha andado bastante na terra nos dias anteriores, naquela região dos solos coloridos, onde o ferro e o cobre afloram a cada passo da estrada e dão aquelas cores fantásticas aos montes zebrados. Aquelas

manchas cor de musgo, de textura algo gosmenta, reco-
brindo o metal, só podiam dever-se a algum composto
de cobre. Secas com o calor, as manchas voltavam a ser
apenas mera capa de terra. E penso ter acertado, porque
aproveitei a oportunidade para lavar inteiramente a moto
na frente da casa, e depois nunca mais chegou a parecer
que qualquer parte estivesse coberta de óleo.

Com isso, só no dia seguinte pude ver Salta sob a
luz do sol.

CAPÍTULO 17

No ambiente familiar da minha cidade ou mesmo do meu país, a maior parte dos problemas com a moto ou com a saúde se integravam de uma forma ou de outra na rotina. Quero dizer: não exigiam atenção demorada, nem mereciam empenho narrativo. Nem mesmo quando viajo de avião ou de trem, sozinho, por um país estrangeiro, minha atenção se volta tanto para os detalhes, quanto neste caso, em que a dependência da moto – e, portanto, a confiança nela – é sentida a cada quilômetro e em cada parada e retomada do caminho. Da mesma maneira, os pensamentos que se formam e se sucedem durante o trajeto ou num alojamento no qual a gente se recompõe de um susto de estrada ou sente a punção dolorida da saudade são mais marcantes, revelam a importância das coisas que usualmente se tomam como garantidas ou quase naturais. Tanto isso me parece verdade, que me lembro com clareza de coisas que, em outra situação, passariam despercebidas ou mergulhariam no indiferenciado, mal tivessem decorrido algumas horas ou minutos. E depois, nesses marcos que sinalizam o caminho, a memória vai descobrindo ou inventando anúncios, presságios, confirmações e toda sorte de elo entre um dia e outro dia, de modo que ao final, numa visão retrospectiva, tudo parece ganhar um sentido que não se fazia presente em cada etapa.

Em Salta, o que mais fiz foi andar pela rua. A cidade é tão bela quanto múltipla. O centro é soberbo e colonial, de recorte europeu. A praça maior é toda ela um monumento de elegância em tributo à boa vida, com muitos bares e restaurantes encaixados nas arcadas dos edifícios antigos. As igrejas atraem os olhos durante o dia e principalmente à noite, iluminadas por fora com um sábio jogo de luzes que ressalta suas linhas, cores e volumes. Quando se sai dessa zona, porém, o mundo é outro. Minha impressão, por algum motivo, foi que estava de novo explorando os arredores da Cidade do México, percorrendo ruas estreitas, de casas baixas e visitando um comércio humilde, que nada tinha a ver com o brilho do que rodeava a grande praça.

Na manhã do segundo dia, voltei ao centro. Visitei a igreja de São Francisco, discreta por dentro, mas esfuziante por fora, com o agudo contraste entre grandes e múltiplas colunas brancas e paredes de ocre avermelhado, bem como seu oposto, a Catedral, de discreto rosa

A MÃO DO DESERTO • 115

esmaecido por fora e interior esplêndido. Rodeando
a praça, deparei com o palacete de amplas escadarias
de mármore e vitrais delicados que se tornou a Casa
de Cultura. Por fim, terminei a expedição matutina
visitando dois museus. Um deles, denominado Museu
de Alta Montanha, causou-me a impressão mais forte
do dia. Nele repousam, entre outras preciosidades pré-
-hispânicas, as múmias de três crianças incas. Foram
encontradas há pouco mais de vinte anos, no cume do
vulcão Llullaillaco, a quase sete mil metros de altitude.
Seus corpos jazeram congelados por mais de quinhentos
anos, até serem trazidos para Salta e ali ficarem em exposição em vitrines com temperatura de 20° C negativos.
Foram sacrificadas para aplacar os deuses ou propiciar
reinados produtivos (já não sei ao certo). Do menino,
lembro-me de ter lido que tinha tido morte traumática,
que tinha sido asfixiado; mas as duas meninas parecem
ter morrido enquanto dormiam, ou pelo menos sem
violência. Uma delas tinha ainda na boca uma folha de
coca e a outra tinha parte do rosto queimado, não por
ação humana, mas por conta de um raio que em algum
momento caiu na sua tumba. Deram-lhe, por isso, o
nome de Menina do Raio.

Demorei a me libertar da visão das crianças e dos
pensamentos erráticos sobre religião, crueldade, costumes e – de novo – da imagem recorrente da história como
pesadelo. E só consegui superar de vez a opressão e pre-
servar na memória a vaga ternura dolorosa pelas crianças

de vida interrompida quando, de volta à motocicleta, me pus a explorar as mesmas partes que, à noite, me tinham recordado a cidade do México, seguindo por fim para os arredores, na direção da Quebrada de San Lorenzo.

Pelo que percebi (ou imaginei, a partir do que fui vendo), Salta fica num vale que é um enclave entre duas zonas geográficas muito distintas. Quando seguimos para oeste, para mais além do breve caminho que fiz para San Lorenzo, começa a paisagem árida dos Andes. Para o lado oposto, estende-se o mar de verdura exuberante da encosta, que vai se amortecer no Chaco. Rodei um pouco sem pressa nem destino, ao sabor da inclinação do momento. Ao lado das ruas e estradinhas que eu percorria devagar, as sebes de chácaras, hotéis, casas de veraneio ou de residência habitual me faziam imaginar como, apesar dos terremotos, devia ser bom viver ali.

Depois dessas voltas, terminei por retornar ao centro, para almoçar no Mercado Central. E depois de mais algum tempo caminhando a esmo, voltei à moto para subir ao Cerro de San Bernardo, de onde se tem a melhor perspectiva da cidade.

O acesso mais comum ao mirante é o teleférico. Por um momento pensei que seria também o melhor para mim, pois teria, tanto na ida como na volta, a visão da cidade se desdobrando aos poucos. Desde o planejamento da viagem, entretanto, estabeleci como princípio que eu só visitaria, em qualquer parada, lugares aos quais pudesse ir de moto.

Do Cerro San Bernardo se tem uma vista panorâmica realmente ampla da cidade desdobrada, como num mapa, e o visitante ali concorda de imediato com o cognome: Salta, la Linda. Embora uma esplanada convidasse a uma cerveja, apenas caminhei pelo jardim, que é cortado por um fluxo de água que segue um caminho caprichoso até terminar em cascata. Ali, vagando a vista pelo vale, fiz a mim mesmo uma promessa de retorno.

Descendo à cidade, demorei-me num dos bares das arcadas. Quando de novo caminhava pela rua, em direção à moto que deixara do outro lado da praça, ouvi, com espanto, que me chamavam pelo nome. Era Alejandro. Ele e seus amigos tinham planejado pernoitar em Cachi. Mas tinham desistido e retornado a Salta por conta de um problema no retentor da GS de um deles. A moto tinha sido arrumada na concessionária, eles aproveitaram para conhecer um pouco de Salta e estavam de partida para Villa San Lorenzo, a dez quilômetros, onde se hospedavam. Com a mudança de planos, no dia seguinte iriam para Tilcara.

De volta ao meu alojamento, quando me deitei para dormir, fui de súbito acometido de um sentimento de angústia: a viagem estava acabando! Olhando no calendário, vi que era ainda dia 8 de outubro. Portanto, eu estava na estrada há oito dias apenas. Oito dias, mais de 3000 km de paisagens que ainda pareciam vivas dentro de mim. Mas apenas oito dias. Como eu deveria estar em Campinas para um compromisso no dia 25, tinha ainda quinze ou dezesseis pela frente. Eu mal tinha vivido um terço do tempo destinado à estrada. De onde viria a sensação enganosa? Pensei que proviria de uma constatação do tipo: no dia seguinte iria para Tilcara; de lá, cruzaria a cordilheira e dormiria em San Pedro de Atacama, onde ficaria dois ou três dias, e então o objetivo seria alcançado e só me restaria regressar. Mas logo vi que não era isso. A verdadeira origem do sentimento de fim de viagem era que eu me encantei com o norte da Argentina. Por mim, percebi, eu ficaria vagando por ali dias e dias. A sensação de término não provinha, portanto, do sentimento de retorno, mas sim da despedida de um lugar adorável, onde tudo era novo e estrangeiro, da língua à comida, passando pelas paisagens e costumes, mas num instante se tornava perturbadoramente acolhedor e familiar.

CAPÍTULO 18

Havia duas formas de ir de Salta ao destino do dia. Ambas passavam por San Salvador de Jujuy. Podia seguir por uma estrada que é majoritariamente plana e suave de curvas, rodeando fazendas e cruzando pequenas cidades. Pelo que tinha visto no mapa, havia mesmo por ali um trecho de autoestrada, ao chegar a San Salvador. O outro caminho era pela Ruta 9, em pista simples, cruzando regiões menos habitadas, subindo e descendo colinas. Foi o que tomei.

O tempo estava bom, nem quente nem frio e eu não tinha nenhuma pressa. Tinha saído bem cedo e de Salta a Tilcara seriam pouco mais de cento e setenta quilômetros. Por isso, mal tendo rodado trinta quilômetros, fiz uma parada não programada: fui visitar a vila que leva o nome do rio, La Caldera. Um casario típico, com ar de abandono e sem interesse algum, do ponto de vista turístico ou arquitetônico. Nem mesmo paisagístico.

120 ❧ PAULO FRANCHETTI

O contraste com Salta não poderia ser maior. Por isso mesmo, valeu a parada.

Não creio que o lugar receba muitos visitantes, embora fique ao lado da 9. Minha impressão foi a de que éramos novidade um para ou outro. Nem eu tinha estado num povoado tão pouco frequentado por turistas; nem ele parecia ter sido cruzado alguma vez, em várias direções, no começo da manhã sonolenta, por um sujeito vestido como um astronauta e trepado numa enorme moto carregada de malas. Mas terminamos por nos dar bem, debaixo de um guarda-sol, numa mesinha na calçada, onde um refrigerante local acompanhou uma excelente empanada.

A partir dali, a 9 vai se tornando cada vez mais sinuosa. Não há grande diferença de altitude entre Salta e San Salvador de Jujuy, mas o caminho sobe e desce colinas, acompanhando, em voltas sucessivas, o desenho das encostas.

Uma parte do percurso é feita ao abrigo das árvores, pois aqui se cruza exatamente aquela parte de muita vegetação no lado leste da cordilheira. Ao virar uma curva, vê-se um trecho do rio La Caldera, que a estrada margeia em certos pontos; uma outra abre a visão de uma barragem; logo mais é um vale verde que se estende de repente, por uma fresta nas árvores. E ainda pequenos lagos e leitos de rio quase secos, que também determinam os muitos tons de verde.

Não há como não se demorar ali. Tanto que subi junto com um grupo de ciclistas: eu passava por eles e logo parava para tirar uma foto ou admirar a paisagem, sem nem mesmo descer da moto, pois raras vezes havia acostamento; eles então passavam por mim e prosseguiam na sua marcha constante; eu os via desaparecer na próxima curva, para os reencontrar logo mais, quando resolvesse seguir em frente. Foi assim por alguns quilômetros, em boa paz, a ponto de logo se acostumarem com a moto e seu ronco e sequer se preocuparem em abrir caminho quando era a minha vez de ultrapassar.

A partir de San Salvador, a Ruta 9 muda de aspecto. Não deixa de ser interessante, mas a vegetação alta termina, as montanhas seminuas da região dos Andes ali ensaiam as formas em colinas e morros. A estrada decorre tranquilamente num vale, em boa parte ao lado do rio Grande, que garante o verde. Cerca de Purmamarca, porém, a vegetação viçosa desaparece, dá lugar àquelas pequenas moitas rasteiras do deserto; as colinas ficam mais altas e começamos a nos dar conta de que as encostas se compõem de terra e pedra de várias cores.

Depois da rápida visita ao Cerro de Siete Colores, como ainda era bem cedo, fiz uma parada num lugar chamado Posta de Hornillos. Não sabia o que era, mas não resisti ao chamado do oásis ao pé das montanhas secas.

No museu da Posta, fiquei sabendo que tinha sido um local importante durante as guerras da independência e, mais interessante, que era um posto de parada da rota que ia de Buenos Aires a Cusco. Por fim, aprendi que, no século XVIII o transporte de pessoas e mercadorias era feito em lombo de burro, pelo leito dos rios que permanecem secos na maior parte do ano. As Postas, ou paradas, distribuídas a um dia de viagem umas das outras, serviam tanto para refúgio em tempos ruins, quanto para repouso, troca de burros e cavalos, e para o comércio.

O edifício é simples, despojado, assim como a capela, ladeada por dois enormes cactos. O perímetro, por conta do rio de água escassa, era viçoso. Mas as montanhas sem nenhuma vegetação e o próprio solo ressecado do pátio, do qual emergia uma velha árvore toda contorcida, não deixavam esquecer que ali era ainda domínio do deserto.

Por fim, cheguei a Tilcara, uma cidadezinha simpática, cujo maior atrativo é a Pucará, ruínas de uma fortaleza militar pré-colombiana dedicada ao deus do vento e com ampla visão sobre os vales em redor. Era anterior aos Incas, que conquistaram e regeram o lugar até a chegada dos espanhóis. A paisagem desolada impressiona, tanto quanto o vale verdejante encravado na uniformidade pedregosa e as encostas da fortaleza, cobertas por um jardim de cactos.

Como estava no embalo do improviso e da descoberta, rumei direto para lá.

Quando estacionava a moto, chegou mais um motociclista. Esqueci-me do nome, porque não o anotei no dia. Era uruguaio e estava a caminho do Equador. Naqueles dias havia uma grande movimentação social naquele país, por conta do aumento dos combustíveis e dos chamados ajustes econômicos. O movimento indígena era forte e a fronteira não estava segura. O uruguaio ainda não sabia, portanto, se conseguiria realizar o projetado ou se teria de limitar-se ao Peru. Mesmo o Peru não era um lugar tranquilo. Tinha havido a dissolução do parlamento e o país parecia à beira de uma crise de consequências imprevisíveis para um viajante por via terrestre.

Conversamos um pouco sobre isso e sobre o trajeto que já tínhamos feito. Em certo ponto, ele tirou do bolso da jaqueta um rastreador satelital. Era um modelo superior, que lhe permitia enviar *sms* reais, digitando-os num pequeno teclado. O meu apenas tinha duas mensagens preconfiguradas, que eu só podia mudar por meio do acesso à página da *web* num computador. Explicou-me que viajava muito e que normalmente enviava à esposa uma mensagem de manhã e outra à noite. Com a confusão política do seu roteiro, porém, estava enviando mais notícias. Eu lhe perguntei se não era possível usar o celular do Uruguai e ele disse que não: os preços de *roaming* no seu país eram absurdos. Como tudo lá, acrescentou. Pareceu chocado quando me perguntou e eu lhe disse o valor do meu aparelho de rastreio e da assinatura de celular com extensão para a América do Sul e se lamentou amargamente de que no Uruguai eram escorchados pelo governo, com impostos altíssimos. Devia ser um dos países mais caros das Américas, disse, e continuou relacionando preços de várias coisas, em busca de comparação. Achei que ele de fato tinha motivo para reclamar, mas felizmente mudamos de assunto, a caminho da bilheteria. Ele era metódico, me disse, gostava de planejar minuciosamente a viagem, e comprovou, iniciando ali uma longa explanação sobre o sentido da Pucará, e sobre o povo que lá vivia, que durou quase até o alto do monumento. Quando passamos pela portaria, foi gentil: apressou-se e, antes que eu pudesse comprar o ingresso, conversou com a moça e pegou dois tíquetes. "O sotaque uruguaio e o argentino do sul são muito parecidos. Aqui eles não percebem nenhuma diferença. Para todos os efeitos, nós dois somos argentinos!" Subimos então a colina devagar. O uruguaio tinha dito que gostava de viajar em baixa velocidade e que seu prazer maior era tirar fotografias. Portanto não nos encontraríamos outra vez, embora ele partisse também no dia seguinte.

No alto da colina, ele começou a preparar o equipamento fotográfico que tinha trazido numa grande bolsa a tiracolo, despedimo-nos e continuei andando a esmo, olhando o vale e pensando que devia mandar um e-mail aos meus amigos do Peru, ao mesmo tempo que voltava a sonhar com a viagem que eu tinha pensado fazer até além de Lima, à Cordillera Blanca, e deixara para o ano seguinte. Naquele momento ninguém ainda imaginava o que seria a pandemia. E espero que o sujeito gentil que me ofereceu uma entrada para visitar o sítio arqueológico tenha conseguido fazer o planejado e não tenha deixado para 2020, como eu deixei, o que poderia ser feito em 2019.

Desci lentamente a encosta da Pucará, ainda sentindo os efeitos da altitude. Era a hora de ir para o alojamento, mas foi então que, ao subir na moto para rumar para o alojamento, decidi-me a ir ver a Serranía de Hornocal.

Tenho para mim que a hora da refeição, numa viagem solitária, é um momento especial. Durante todo o mês que ela durou, quase sempre comprava comida para comer ao ar livre, ou cozinhava no alojamento, ou então comia no lugar mais típico com que me deparasse, onde não houvesse senão gente local. Por isso mesmo, a caminho de Humahuaca, depois de visitar na beira da estrada um relógio de sol, cujo único interesse era que ficava na mesma latitude que a cidade de Campinas, entrei na vila ao lado, chamada Huacalera, e lá encontrei uma cantina escondida numa das três ou quatro ruas em que se espreme o povoado entre a rodovia e o leito do rio. Após algumas ótimas empanadas e depois de rompida a tensão da presença estrangeira, tive boa conversa sobre a vida naquele pedaço do mundo, com o dono do lugar e sua mulher, que deixou a cozinha para ouvir histórias da viagem desde o Brasil, e com dois rapazes que trabalhavam na manutenção da rede elétrica. Não sei por que em certo momento mencionei a minha idade. "Sessenta e cinco anos?", quase gritou um deles, com alguma descrença. "Sessenta e cinco", repeti eu, sabendo que a aparência não enganava e que a pergunta era apenas o aflorar de um espanto que já devia ter nascido quando tirei o capacete na entrada da cantina. E ergui o copo de refrigerante – "Saúde!" –, no que fui correspondido com seus copos de bebida.

Ainda rodei um pouco pela vila mergulhada na modorra, até que peguei de novo a estrada.

E aqui, neste ponto, retoma-se o fio da história: dali eu seguiria para a Serranía de Hornocal, em seguida faria o *check in* no camping em Tilcara e finalmente desceria a rua para ir ao restaurante, onde reencontrei os portenhos.

O jantar, num restaurante ao lado do hotel deles foi, em ponto menor, um momento equivalente ao de Kümelen. Alejandro e seus amigos adoravam o Brasil. As praias. Florianópolis, principalmente. Eu estava francamente apaixonado pelo norte da Argentina, sua paisagem mutável e sua gente simpática. Quando chegou a hora, brindamos, pois, à amizade, à paixão motociclística e às belezas das terras tão diversas.

A boa comida nortenha nos teria mantido por lá mais tempo, não fosse a necessidade de partirmos cedo: eles para Tucumán, já a caminho de casa; eu, na direção ao Chile. Nos dias seguintes, viajamos ainda juntos, de certa forma, por mensagens e por vídeos, até que retornaram a Buenos Aires e eu comecei a voltar, desde Santiago, por Mendoza, para o Brasil.

CAPÍTULO 19

De novo é difícil dizer qual o trecho mais belo da viagem. Mas seguramente um candidato é aquele em que, depois de atravessar o Paso de Jama fui subindo até o GPS mostrar que estava a 4 839 metros de altitude, passando ao lado do Cerro Toco, para então começar a descer em direção a San Pedro de Atacama. Foi esse o percurso que efetivamente dividiu o dia e a viagem em duas partes.

Antes, porém, como não tinha prazo nem pressa, ao passar por uma placa dizendo "Salinas grandes", a cerca de cem quilômetros de Tilcara, resolvi parar.

As salinas são administradas por indígenas, que oferecem um tour aos visitantes, mediante pagamento. Havia três opções, no caso: eu poderia ir na caminhonete, com o guia; ele poderia ir na minha garupa; ele poderia ir com a caminhonete e eu o seguiria de moto. A primeira e a segunda opções eram mais em conta. Escolhi a terceira, com uma recomendação: que ele se adiantasse bastante, para eu segui-lo de longe. "Você apenas tem de se certificar de que não sai muito do traçado da caminhonete", ele disse.

Não havia outros visitantes no imenso deserto de sal, então rodamos bastante. O guia percebeu o que me interessava, então fez um longo passeio, antes de chegar aos pontos turísticos mais relevantes.

O piso das salinas parece feito de ladrilhos firmemente soldados uns nos outros. As grandes placas irregulares de sal se juntam em emendas levemente perceptíveis em altura, mas de coloração muito diferente das placas em si mesmas. Segundo me explicou o guia, as placas têm uma espessura média de 30 cm, o que lhes permite sustentar uma caminhonete e também máquinas mais pesadas, para raspar o solo e extrair o sal, ou para recortar as piscinas retangulares, de água límpida. Em algumas partes, as placas estão mais finas, daí a importância de seguir as marcas de pneus que desenham estradas virtuais. Em outras, abrem-se fendas profundas, pelas quais se pode ver o mar de água sobre o qual estamos, a 3 400 metros acima do nível do oceano.

Paramos, por fim, junto a uma laguna que parecia um espelho azul. O guia era compenetrado, demonstrava muito orgulho pela função. Explicava tudo com muita clareza e segurança, desde a formação da salina até os processos de extração, bem como a história humana do lugar. Fiz o possível para parecer atento, mas estava ansioso para a próxima etapa, quando eu o seguiria de novo de longe, pilotando sobre o mar soterrado. Não pude evitar, porém, que cumprisse o ritual: insistiu em tirar as fotos clássicas dos reflexos do visitante na água e aquela em que a pessoa parece segurar sobre a palma da mão o carro ou, no meu caso, a moto. A tudo atendi, porque afinal respeito esse tipo de dedicação ao trabalho. E ouvi atentamente a explicação, um pouco mais adiante, sobre a formação das frágeis e translúcidas flores do sal. Mas não podia deixar de pensar que, naquele momento, tudo o que me importava era a sensação de rodar ao acaso na salina, e que teria sido muito melhor apenas pilotar ali, percorrer aquela paisagem inacreditável e inesperada. Talvez como compensação por esses pensamentos, despedi-me dele e das pessoas de sua família, que esperavam no parador deserto, com uma gorjeta significativa e muitos agradecimentos pelas explicações e pelo ótimo trabalho que ele tinha feito. E prossegui na direção do Chile.

Quando atravessei o Chaco, onde esperava calor excessivo, encontrei chuva e frio. Agora, ao sair de Tilcara tinha vestido uma segunda pele, um agasalho e ainda o forro de nylon da jaqueta. Tinha me preparado, porque amigos e conhecidos que por lá passaram tinham contado que tiveram muito frio. Um deles teve inclusive começo de hipotermia, devido à demora na fila da alfândega, sob vento gelado e temperaturas próximas de zero. Depois da visita às Salinas, parei para almoçar no restaurante Pastos Chicos, perto do entroncamento da Ruta 40 com a 52, para não ter fome durante a travessia. Comi pouco e mal, na verdade, porque o restaurante está a cerca de 3 800 metros, e só alguns passos já me faziam recordar a altitude e ter medo de enjoar, se exagerasse na comida. Mas aproveitei a parada para reforçar a mochila de água e separar algumas barras mais calóricas de proteína.

Não estava nada frio, mas como atravessaria a fronteira, quatrocentos metros mais acima da altitude do restaurante, não me desfiz dos agasalhos. Quando comecei a subir o resto de montanha, percebi que havia algo inesperado: a temperatura no visor do GPS não baixava. Na verdade, eu passara calor no restaurante e continuei a passar quando cruzei o Paso com 16° C de temperatura, suando dentro das roupas quentes. Felizmente o trâmite na aduana foi rápido. Como era o único cliente, percorri em poucos minutos a via-sacra dos muitos guichês burocráticos chilenos. Na verdade, minha sensação era que tinha demorado mais para caminhar da moto até a casa da alfândega, arrastando os pés e abrindo a boca como um peixe fora da água, e da casa para a moto, do que para superar os trâmites com os papéis e a revista da bagagem. De fato, em cerca de meia hora estava pilotando de novo. Fiz, porém, uma besteira: acreditando que o Paso seria o lugar mais frio e que dali em diante a temperatura só aumentaria, aproveitei a parada e tirei uma parte da roupa. Como resultado, sofri um pouco, pois assim que deixei a fronteira, percorrendo o altiplano que se segue, na face oeste da montanha, a temperatura subitamente começou a cair e se estabilizou por fim entre 11º a 12º C. E só começou a subir quando se iniciou a descida para San Pedro, aonde cheguei com trinta graus.

Um amigo que tinha feito esse percurso há tempos contou-me que tinha chorado durante o trajeto. Quando ouvi isso, achei exagero. Mas mudei de ideia quando percebi que estava eu mesmo chocado com a beleza do ambiente grandioso e austero.

Depois do Paso, estende-se um platô. A gente vai pilotando por ali numa planura interrompida apenas por algumas colinas no horizonte próximo. Nada indica o que virá pela frente. Mesmo quando surge à direita algo que a princípio não sabemos se é água, areia ou outro deserto de sal, a vista não tem muito com o que se encantar. Embora tudo pareça bastante plano, a estrada não é reta. Vai em curvas sucessivas, em direção às colinas pedregosas, que não são despidas de vegetação, mas cobertas de espaçadas moitas rasteiras.

Depois de costear a laguna salgada, que não era tão pequena quanto a visão de longe fazia imaginar, o viajante se depara com um mirador estranho, no nível do chão. É composto por muretas, que formam círculos interligados e em cada um deles, voltados para a laguna há bancos de madeira. Talvez na época das chuvas seja interessante olhar a água. Quando por lá passei, chamava mais a atenção o mirador do que a laguna. Olhando, porém, para o outro lado viam-se erguer ao longe os picos nevados.

A partir daí, a expectativa e a ansiedade começam a aumentar. A estrada a princípio prossegue em linha reta na direção dos montes; de repente, numa curva acentuada, aproxima-se do parque dos flamingos; em seguida, gira para o norte outra vez e o GPS mostra que estamos subindo muito e nos aproximando da fronteira com a Bolívia. Nesse ponto, após outra curva entre as dunas, surge um pico nevado, que já parece próximo. Poucas centenas de metros à frente descortina-se o resto: um grande maciço de montanhas e logo faltam as palavras: a estrada se aproxima do vulcão Licancabur, que marca a divisa do Chile com a Bolívia.

É talvez o mais conhecido vulcão daquelas partes, por conta das suas encostas simétricas. E é raro o viajante que não ceda à tentação de parar várias vezes para, de diversos ângulos, olhar ou registrar as suas formas elegantes. Disseram-me depois, num posto em San Pedro, que é maravilhosa também a vista do outro lado, da Bolívia, onde o deserto é ainda mais árido. Que há lagunas isoladas, encravadas entre os picos das montanhas. Pelo relato concluí que não é lugar para ir sozinho, e creio que nem mesmo acompanhado seria prudente ir de moto até lá. A ideia, porém, me acompanhou por muitos quilômetros, até que, passado o Licancabur, abriu-se à vista o espetáculo final do percurso: o enorme planalto em que se encrava San Pedro, com seus grandes salares e desertos rodeados de montanhas e vulcões.

CAPÍTULO 20

Em San Pedro aluguei, pelo AirBnb, uma cabana. Situada a algumas quadras da rua principal, ficava num terreno grande, atrás de um portão feito de ripas brutas de madeira e troncos de árvore, numa rua sem calçamento que de um lado tinha pequenas chácaras e de outro um vasto terreno baldio, que era pasto de animais. A cabana era uma casinha de pedra, madeira e adobe, no estilo tradicional da região, coberta de telhas e palha sobre as telhas. Na parte de trás, após um pequeno pátio cimentado, tinha um quintal coberto de mato, delimitado por um muro precário. Estacionei a moto no pátio, numa parte visível desde a janela da cozinha, em frente à varanda.

Assim que entrei percebi como era fresca. À noite, pelo contrário, se revelou eficaz contra o frio do altiplano. Por isso, nos dias seguintes, quando o sol castigava e o ar do deserto queimava, e à noite, quando a temperatura caía muito, celebrei-a como bom refúgio.

133

Depois de me instalar e descansar um pouco, quando anoiteceu não quis ir à cidade. Estava ainda no embalo da estrada e por isso subi na moto e fui ver o Valle de la Luna, sob a lua cheia, a partir de um ponto da rodovia. Dali segui por uma hora sem rumo, sem ver nada interessante. Nem mesmo o famoso céu do Atacama, pois a lua cheia incrivelmente brilhante a tudo dominava, iluminando a terra e apagando as estrelas.

Na volta, quando arrastei o pesado portão de ripas, entrei com a moto, coloquei-a sobre o cavalete e me sentei na cadeira de plástico da varanda, senti pela primeira vez a real distância de casa. Talvez porque o deserto acentuasse o isolamento, ou porque aquela cabana de pedras aparentes fosse muito acolhedora, mas de despojamento ascético, lembrei-me com saudade das noites em que o terror noturno se aplacava no gesto ainda dormido de entrelaçar as mãos, e das vezes em que bastou, para afastar o susto do coração incerto, caminhar pelo apartamento, reconhecendo o território material e afetivo, nele me apoiando. Eu tinha decidido não manter contato direto, não conversar no dia a dia. Não queria que as pontes se restabelecessem e anulassem a distância e a consciência do deslocamento. Mas enquanto adivinhava o movimento da lua no céu pela sombra que ia caminhando sob a moto estacionada, escrevi à minha mulher. E só fui me deitar depois de receber resposta. Não foi uma conversa longa. Mas foi um laço renovado com o lugar da origem. Uma quebra de promessa, que não repetiria.

No dia seguinte, pela manhã (a entrada no período da tarde era proibida para veículos particulares), visitei o Valle de la Luna e também o Valle de la Muerte. Pelo horário e porque quase toda a gente deixa para visitar os vales ao cair do sol, pude circular livremente, sem outra presença ou som de voz humana.

Ao pôr do sol o lugar deve ser mais impressionante, mas é difícil pensar em graus de assombro perante uma paisagem como aquela, em que a areia fina convive com paredes de rocha bruta nua, chão pedregoso, colinas em que a erosão cavou as mesmas formas triangulares visíveis na Serranía de Hornocal, mas de coloração marrom quase uniforme. Boa parte da manhã daquele dia dediquei ao Valle de la Luna, porque de cada ângulo das estradas ou de cada cimo de colina a visão era diferente. Já a visita ao da Muerte foi breve.

Em seguida, terminei por rodar ao sabor do acaso pelas rodovias que saem da vila, olhando de ângulos diversos o horizonte recortado pelos picos cobertos de neve, até me cansar do calor. Voltando à cabana, repousei um pouco até o final do dia, quando fui, sempre de moto, contemplar o pôr do sol na Piedra del Coyote.

Antes, porém, tive de ir à cidade. Na noite anterior, tive a impressão de ter tido um pequeno episódio de arritmia. Não sabia ao certo. Tinha acordado no meio da noite, sem motivo. Não me lembrava de ter sonhado. O coração estava acelerado, mas em ritmo cadenciado. Podia ser só cansaço ou ainda má respiração, caso a ener-

136 • PAULO FRANCHETTI

gia tivesse falhado e o cpap interrompido seu trabalho. Fui, instintivamente, consultar o estoque de remédios e me assustei: eu tinha errado nas contas, a droga que mantinha o coração em confiável marcha-lenta ou média aceleração não daria para os dias restantes da viagem. Eu precisava comprar mais. E, quanto antes, melhor para meu sossego e confiança. Busquei na internet o princípio ativo. A farmácia local tinha um equivalente, que custava pelo menos o triplo do preço do Brasil. Mas não importava. Era uma sorte e um sossego. E por isso segui, mais relaxado, quase dançando sobre a moto na rua e na estrada, para ver o pôr do sol.

O espetáculo de luz e sombra se perseguindo pelo vale e pelos paredões, mais a mudança das cores, conforme o sol ia baixando, me retiveram ali até anoitecer. A lua finalmente surgiu brilhante sobre aquela paisagem desértica e áspera, que já se dissolvia em formas indistintas. E só quando ela por fim iluminou as partes mais íntimas do vale me levantei da pedra na beira do penhasco, onde eu jazia desde que o sol começou a se esconder, e fui conhecer de fato San Pedro, percorrendo a pé a sua rua principal.

Sucede que a cidadezinha durante o dia é morta, quase vazia de tudo. Fixei da rápida passagem diurna pelo centro apenas a imagem de dezenas de cães vadios que se esfregavam na poeira ou se deitavam preguiçosamente na soleira das portas. À noite, porém, dá-se uma transformação brutal. Assim que o sol se põe, passa a haver excesso de tudo, numa grande agitação ruidosa. A vila fica atulhada de turistas. As lojas brilham, as joalherias resplandecem, os restaurantes põem propagandas, as agências de turismo tentam agenciar clientes para o dia seguinte. A gente é abordado a cada passo, com ofertas variadas. Até os cachorros somem. Parece que é outra cidade! A única coisa que não muda é a poeira que se ergue sempre que o vento sopra mais forte.

Embora caminhasse naquela noite cerca de uma hora pelo centro e arredores, não entrei em nenhuma loja, não fiz nenhum contato para excursão, nem me detive a examinar os menus sugeridos pelos restaurantes lotados. No caminho de volta para a cabana, deparei com um local que me pareceu interessante: uma cervejaria que só produzia dois tipos de cerveja – e só vendia seus produtos. Foi o único espaço na cidade de San Pedro, além da minha cabana, em que me senti bem. Experimentei as duas cervejas, provei uma empanada de llama, ouvi boa música e relaxei no fim de um dia cheio.

Não fui ver os gêiseres, porque seria preciso sair de madrugada e a estrada era ruim para percorrer no escuro. Como tinha decidido só andar a pé ou de moto, deixei esse atrativo para outra ocasião. Também porque as fotos que vi, com tantas pessoas aguardando a explosão de água, me fariam desanimar, ainda que estivesse de carro.

Usei então o meu tempo para rodar em busca de paisagens e de sossego. Uma tarde, fui visitar as joias do deserto: as lagunas altiplânicas. Situadas ao pé do vulcão Miñiques, a cento e poucos quilômetros ao sul de San Pedro, são duas: a menor, que tem o mesmo nome do vulcão, e a maior, que se denomina Miscanti.

A estrada que leva até elas é, na primeira parte, a mesma que conduz ao Salar do Atacama, onde vivem os flamingos. Mas depois que se passa a entrada do salar, torna-se muito mais bonita. A vista é o tempo todo atraída para o vulcão Lascar, que se destaca na paisagem, embora ao longo das muitas curvas ascendentes outros vulcões se vão apresentando.

As lagunas, que são próximas uma da outra, estão a mais de 4200 metros de altitude. Rodeadas de montanhas nevadas, ficam numa baixada em que, ao menos quando lá estive, não há vento. A superfície da água assim é completamente imóvel e reflete sem distorção o céu limpo do deserto. Conforme andava de um lado para o outro, as lagunas pareciam sem dúvida azuis, ora mais claro, ora mais escuro e profundo, mas de súbito, dependendo do ângulo, surpreendentemente verdes. Não andei muito, porém. Embora já relativamente ambientado com a altitude, ainda sentia qualquer esforço maior.

Lembrei-me ali de uma frase chinesa: "quando não há vento, reflete todas as estrelas o lago da montanha". E também de que a tinha lido num momento difícil, sentado à beira da água, no parque da minha cidade. Acabara de me separar pela segunda vez e tinha de fazer um esforço para não afundar na desesperança. É verdade que, ao contrário da pequena Miñiques, a lagoa do Parque Taquaral estava toda enrugada com a brisa forte do fim de tarde e com o movimento dos patos. Mas por isso mesmo, por oposição à imagem mais adequada que se apresentava a dois passos de mim, aqueles versos se marcaram na memória como ideal nunca atingido. A não ser talvez ali, enquanto respirava o ar rarefeito e meu coração parecia estar em paz. Foi o que me ocorreu. E talvez por um momento eu tenha mesmo conseguido deixar as velhas angústias mergulhadas na água limpa e no silêncio acolhedor.

Quando voltei à moto, não quis regressar à cabana. Precisava de mais tempo. Continuei na estrada, então, na direção do Paso Sico. O GPS me mostrava que por ali chegaria, em cerca de cem quilômetros, à fronteira argentina. Não fui, entretanto, tão longe. Apenas contornei o vulcão Miñiques, para vê-lo do ângulo oposto e segui algumas dezenas de quilômetros, observando os desenhos da neve acumulada no vão das encostas da montanha, à beira do caminho. A estrada de terra era tranquila, mas começaria em breve a descer na direção do Paso. Diferentemente do trecho até as lagunas, aquele era mais selvagem. E a estrada foi se tornando menos amigável. Portanto, quando encontrei um lugar mais aberto, virei a moto, desliguei o motor, mergulhei um momento no clima do lugar.

Essas paradas sem razão, num lugar vazio e sem atrativo especial, foram constantes na viagem. Enquanto pilotava, a tensão da estrada se combinava com aquela estranha e vã sensação de onipotência, que parecia transmitida do motor à cabeça, percorrendo todo o corpo a partir dos pés. Mas quando parava, desligava a moto, apoiava-a sobre o descanso lateral e caminhava para longe, toda a sensação de segurança desaparecia. Talvez porque ali a real dimensão da motocicleta se impusesse, a sua fragilidade, a sua instabilidade; ou talvez porque, sem a ocupação do corpo e da mente no equilíbrio do percurso, os sentimentos confusos se movessem por dentro, caçando a consciência, que normalmente se esquivava. Mas eu estava fazendo aquela viagem exatamente para isso, para viver as duas coisas: a irresponsabilidade do risco e a responsabilidade pela fieira dos atos que me trouxeram até ali, naquela busca disfarçada de algo que eu não sabia bem o que seria.

O tempo para mim decorre lentamente nessas situações. Não pareceu tão curto, mas a verdade é que, menos de uma hora depois de fazer o retorno, eu já deixava para trás a entrada das Lagunas. A simples inversão do sentido da marcha outra vez mudava tudo, abria novos panoramas. Desci então devagar, muito devagar, até chegar aos arredores mais ou menos insípidos de San Pedro, cerca de Toconao, quando voltei a acelerar.

CAPÍTULO 21

No dia seguinte, fiz de novo uma parte desse percurso. Tinha tido uma noite habitada por sonhos confusos, que continuaram me assombrando durante o caminho até a entrada do salar. Eu queria ver a Laguna de Chaxa e os flamingos.

Em certo ponto da estrada, numa intersecção para o salar, estacionei. Estava ainda pensando nos sonhos da noite. Logo uma van de turismo parou ao meu lado. O motorista me perguntou aonde eu ia. Eu contei e ele me disse: "Venha comigo! Siga-me!" Eu não precisava seguir, pois tinha tudo marcado no GPS, mas sucedeu como com o guia no outro salar: eu quis ser simpático e valorizar o trabalho dele e a sua disponibilidade.

Ele foi então na frente, pela estrada de terra, em alta velocidade. Fui atrás, em pé nas pedaleiras, e na mesma tocada, porque a estrada era boa. Em certo ponto, numa depressão do terreno, ele reduziu e passou sobre uma língua de areia. Vendo de longe o movimento, reduzi ainda mais que ele, joguei o corpo um pouco para trás e preparei-me para resistir à tentação de agarrar com força o guidão, no caso de balanço da roda dianteira, e passei sem sustos.

Pouco adiante, a cena repetiu-se. Por conta de eu ter reduzido mais, ele levava agora grande vantagem. Mas vi que freou e me preparei. Passada a segunda língua de areia, eu já me considerava um perito no assunto.

A van tinha praticamente desaparecido quando cheguei à terceira língua. Vi sua extensão um pouco maior, diminuí a velocidade, me posicionei corretamente e mantive a aceleração. Assim que comecei travessia e observei o confuso traçado dos pneus das vans, percebi o perigo: era areia muito fofa, e funda. Fiz o que era para fazer, mas não deu certo. Foi muito rápido: o guidão oscilou bastante e violentamente, a roda traseira não conseguiu definir o percurso, e como se tivesse sido agarrada por mão invisível, a moto girou sobre o lado esquerdo, deitou-se no chão e me jogou para o outro lado. Quando dei por mim já rolava na areia quente.

Verificando a moto, vi que a mala esquerda estava enfiada no areal, assim como o cilindro do motor daquele lado. Afinal, não era bem uma língua de areia. A pista ali tinha uma grande depressão. Talvez fosse um badene. Até cheguei a pensar que, naquelas bambeadas e oscilações, uma inclinação maior pudesse ter feito a mala se enroscar na areia, e que esse tinha sido o motivo do tombo. Não posso dizer que sim, nem que não.

Em vão tentei erguer a moto. Além de o cilindro estar enterrado, o solo não dava sustentação para empurrá-la para cima. Ela no máximo ameaçava deslizar para um lado, enquanto minhas botas se afundavam e eu deslizava na direção oposta. Por isso, sem outro remédio, sentei-me sobre ela e esperei. Cerca de meia hora depois chegou uma van de turismo, vindo do salar. Parou, o motorista desceu. Quando lhe disse o que tinha havido, pediu ajuda aos passageiros. Éramos cinco e não foi com facilidade que tiramos a moto da areia e a empurramos para o solo firme. Depois de se assegurar de que eu estava bem, quando agradeci me disse: "Deus te abençoe! Mas é preciso cuidado com esses bancos de areia". E completou, enquanto voltava com os rapazes para a van: "Muito cuidado, a areia é traiçoeira".

Naquele momento tomei consciência de outro erro: eu tinha vindo com as malas laterais. Aliás, não as tinha tirado desde Campinas, porque eram práticas. Num passeio como aquele, permitiam guardar, nas paradas, a jaqueta, as joelheiras, a mochila de água e até a bolsa de tanque. Levava nelas, nesses dias, até os tênis que substituíam as botas pesadas de viagem, quando decidia fazer uma caminhada mais longa ou mais difícil. Eram práticas, mas podiam ser também um problema, como tinha acabado de ver, ao tentar erguer a moto caída. Mas não tinha ainda visto tudo: quando cheguei à laguna e fui guardar a jaqueta, percebi que a mala estava torta. Depois de aberta, já não fechava. E, mais do que isso, uma das quatro peças que a prendiam na estrutura da moto se tinha rompido.

Ali mesmo retirei a mala e forcei-a, para que voltasse o mais possível ao esquadro; depois, usando arame, tratei de amarrá-la firmemente para o retorno. Meio chateado comigo mesmo, com a minha imprudência, fui finalmente ver os flamingos e caminhar pelo salar, cujo piso era áspero e cheio de formações pontiagudas, como se o sal se tivesse depositado desde cima. Na verdade, parecia uma reunião infinita daqueles castelinhos que as crianças fazem na praia deixando escorrer a areia molhada do punho, formando pequenas torres irregulares. Era um salar imenso, que devia assumir várias formas. Naquele trecho, porém, era totalmente distinto da linda planície ladrilhada que eu tinha percorrido nas Salinas Grandes.

Caminhei ao largo da laguna salgada, onde a claridade do sol se refletia como em metal polido, visitei o pequeno museu em que se explica a vida e a alimentação daquelas aves. Depois de algum tempo, consegui estar de fato presente; mas a mente ainda escapava e fugia, como se rolasse no banco de areia, e a memória puxava em direção à moto e à alça partida da mala.

Naquele dia não havia muitos flamingos nas proximidades. Uma trilha permitia seguir adiante, onde talvez houvesse um grupo maior. De onde estava, porém, via vários e ouvia a sua voz que parecia um grunhido rouco. Não tinham a cor que a gente está acostumado a associar a eles. Eram majoritariamente brancos, com a parte em vermelho restringindo-se em quase todos ao pescoço e à ponta da cauda. Ficavam a maior parte do tempo com a cabeça dentro da água, movendo as longas pernas desajeitadas, e só pareciam elegantes ou interessantes quando erguiam voo e pareciam flutuar com as grandes asas abertas, quase imóveis.

Lembro-me de que, num certo ponto da caminhada, olhei o mapa que distribuíram na portaria, considerei por um momento o que faltava ver e percebi então que aquele passeio começava, por conta da contrariedade com a moto e comigo mesmo, a ser uma obrigação. No dia seguinte, continuaria a viagem. Precisava consertar aquela mala.

Na volta, já escolado quanto à areia, parei, pus a suspensão no mais alto, desliguei totalmente o controle de tração (no caminho da ida achei que podia resolver apenas com o modo "enduro"), e fui atravessando a 5 km/h, se tanto, socando os dois pés simultaneamente no chão, para empurrar a moto para a frente e evitar que adernasse. E segui como um pato furioso, batendo as duas patas no chão, sem alçar voo. Eu, que pouco antes, de mau humor, tinha rido mentalmente da deselegância da caminhada dos flamingos.

Uma van veio do outro lado e parou antes de cruzar a areia, porque eu seguia pela esquerda. Vi que os passageiros estenderam o pescoço para assistir à manobra ridícula. Lá fui eu, batendo os pés, acelerando, aliviando, batendo os pés outra vez, até atravessar, já humilde, com a firme decisão de nunca mais me deixar embalar pela vaidade insensata de me julgar um grande piloto do rípio e da areia.

CAPÍTULO 22

Para meu pai, um homem completo tinha de saber fazer um pouco de tudo. Principalmente trabalhos manuais. E foi assim que me educou. Por isso, quando regressei à cabana, tirei a mala e vi a peça quebrada, ele logo apareceu. Não externamente, claro. Tinha sido um homem muito gentil e elegante. Não era o tipo que viria assombrar o próprio filho no meio do deserto. Apareceu como sempre tem aparecido, nos momentos de grande alegria ou de alguma dificuldade. E ouvi as lições antigas: como resolver um problema que não tem solução à vista? Era preciso primeiro imaginar livremente as saídas, por mais absurda que cada uma pudesse parecer. Depois, olhar o que se tem à mão e ver o que podia encaixar-se nas soluções imaginadas.

No Brasil, uma chapa de ferro, uma furadeira e alguns parafusos resolveriam com facilidade o problema. Mas ali não havia nada. E como era uma tarde de sábado, não acreditei que pudesse, ainda que tentasse, encontrar uma oficina aberta. Ao mesmo tempo, queria resolver por mim mesmo. Andei então pelo quintal, buscando inspiração nas tralhas amontoadas ao fundo. O único metal resistente que encontrei foi um velho bridão, preso num resto de couro meio apodrecido. Mais adiante, entre pedras partidas que sobraram da construção, umas placas finas de alumínio ou lata, que pareciam ter sido outrora um lampião.

Por fim, sentei-me na varanda e fiz como ele me aconselhara: relaxei, deixei a mente solta. Ao fim de alguns minutos, depois de várias ideias disparatadas, uma solução se desenhou mais claramente: alguma coisa em forma de L, que eu prenderia na peça plástica partida, se conseguisse nela fazer um excaixe com as ferramentas de que dispunha. Talvez pudesse aquecer essa peça em L e com ela mesma perfurar o plástico. Daí a me lembrar de uma chave allen foi um passo lógico, que veio junto com a lembrança de que a peça de fixação da mala tinha um grande furo central, redondo. Mas eu dispunha de uma caixa de massa epóxi! Não pensei que a chave poderia fazer falta, como de fato fez, mas ainda que isso me ocorresse, eu não tinha outra opção a não ser sacrificá-la. E foi o que fiz. Como sobrou algum espaço entre a haste da chave e a ferragem da moto, usei como calço uma parte boa do couro do bridão. Por fim, como garantia, engatei umas nas outras várias abraçadeiras plásticas, com as quais circundei a mala, atando-a na ferragem.

Talvez não fosse necessário esse recurso, porque a mala se prendia por quatro pontos e só um se tinha quebrado – e agora fora arrumado com a chave e a massa epóxi. Mas a fita eu poderia verificar a qualquer momento, durante a viagem. Bastaria estender a mão, enquanto pilotasse. Ela seria, portanto, não um reforço, mas um alarme, um dispositivo de alerta: se ela se rompesse, era sinal que o conserto com a chave allen tinha fracassado e eu devia parar e encontrar outra forma de remendo.

Não se rompeu, porém. Desde aquele momento até o fim da viagem, por seis ou sete mil quilômetros, a chave encravada na massa epóxi ficou perfeitamente fixa, apoiada no velho pedaço de couro. E concordei mentalmente com o pai, com a sua frase preferida: "Não há nenhum problema que resista a dois Franchettis".

Aproveitei o resto do último dia para vagar outra vez pelo deserto.

Quando era jovem, dediquei-me por algum tempo à prática da meditação. O que então me ensinaram era que eu precisava esvaziar a mente. Parar o pensamento, concentrar-me na respiração. O mais perto que cheguei desse objetivo foi pela redução da consciência ao ruído do ar entrando e saindo dos pulmões. Ou entoando o mesmo mantra monótono, tornado automático pela repetição continuada. Mesmo assim, nos estágios iniciais, muitas frases surgiam sem que eu soubesse de onde. Fragmentos de conversas de outras pessoas, talvez ouvidos e guardados ao longo de um dia desatento, e o tormento da livre associação, quando palavras indesejadas apontavam para algo que não parecia inteiramente visível. Quem fala?, era uma pergunta que surgia, mas que eu tinha de evitar. Depois, ultrapassado esse portal de teste, reinava solitário o vaivém do ar no seu trajeto das narinas aos pulmões. Até ser interrompido por um descuido, uma intromissão indesejada de alguma lembrança ou preocupação. Então era preciso recomeçar.

Andar de moto me pareceu a experiência mais próxima do que eu tinha vivido na meditação. O ruído do motor embala o pensamento e o faz finalmente dormitar. Então somente o ouvido desperto o segue, a mão o estimula e controla, a voz interior o imita. Sobrevém depois um equilíbrio estranho entre quietação e movimento, olhar externo e introspecção, e por instantes mais longos ou mais curtos, nunca se sabe ao certo, apaga-se a conversa interior.

E foi assim que me pus na direção de Calama, e em certo ponto peguei a 21, para o norte, na direção de Ollagüe. Andei ali devagar, contemplando, sem nunca enjoar, os grandes vulcões que se erguiam no horizonte, até o ponto em que o asfalto vai sendo corroído e por fim é devorado inteiramente pelo rípio. Segui ainda um pouco além, não muito. E então, ainda sem palavras, se foram moldando no deserto muitos rostos. Minha mãe, meu pai, minha irmã, seu filho, minhas filhas, minha mulher, os filhos dela e as mulheres que amei e que perdi ou que deixei. E ainda outros. Naquelas voltas sem rumo e paradas sem motivo, os vivos e os mortos se foram revelando, cada um a seu turno, nos grandes silêncios e espaços abertos que a moto cortava como se estivesse flutuando. Já não era possível ignorá-los. De alguma forma, com todos conversei em algum momento. Senti que era a oportunidade de pedir perdão e perdoar. Não precisava compreender. Nem saber o motivo. Apenas pedir perdão e perdoar. Era o que o deserto de alguma forma me dizia. Esse impulso terminou por confundi-los todos, e a mim também, numa só imagem, de muitos rostos e um mesmo coração. Estaria enfim redimido?, em certo ponto me perguntei. Aquelas vozes e vultos um dia deixariam de chamar-me pelo nome? Lembrei-me de versos que em tempos traduzi, e que diziam mais ou menos isto: "E vou mostrar-lhe alguma coisa diferente, tanto da sua sombra de manhã, caminhando atrás de você, quanto da sua sombra à tarde erguendo-se para encontrá-lo. Eu lhe mostrarei o medo num punhado de pó". As duas sombras, sim. Convocá-las e tentar entendê-las era um dos sentidos da viagem. Mas já não havia nenhum medo. Apenas conciliação.

Com esse sentimento, vivi o resto daquela tarde, a esmo, fazendo percursos aleatórios, de cuja extensão e direções me dei conta ao ver, no computador, em Campinas, os pontos de trajeto marcados pelo rastreador satelital.

Quando a noite veio e começou a esfriar, tomei o rumo da cidade.

Na cabana, arrumei as malas, preparei alguma comida. Enquanto comia, consultava os mapas. Eu ia partir no dia seguinte, mas ainda não estava certo do destino. Minha inclinação desde o começo era ir até Antofagasta, e dar uma passada pela Mano del Desierto, para a foto clássica. Depois de uma noite em Antofagasta, eu poderia ou descer pela costa do Chile, ou retornar a São Pedro e logo seguir para a Argentina. Naquele momento eu considerava voltar dali mesmo, cruzar de novo o Paso de Jama e pegar a Ruta 40 para Cachi. Poderia ser interessante, mas não seria muito rípio para ir sozinho? E o combustível? Talvez o melhor fosse voltar para Salta, seguir para Cachi e descer então pela 40, por um trecho que parecia menor e mais tranquilo, para Cafayate. Estava simulando rotas, anotando distâncias e buscando informações sobre estradas, quando chegou uma mensagem de WhatsApp. "Onde vc está?" "Em San Pedro de Atacama. E você?" "En paraguay – cuando vas X córdoba?" Eu de fato não sabia. Mas não quis decepcioná-la. Afinal, Mendoza e Córdoba pareciam de fato valer a pena. "Jueves, yo creo. Mañana me voy a Antofagasta. Después Taltal. Entonces Los Andes, Mendoza y Córdoba." "Que bueno! – Espero que disfrutes tu viaje!" "Y como va tu viaje, Ingrid?" "Aquí en paraguay mucho calor. 42° de térmica." "Que horror!" "Y no hay lugares lindos para tomar baño."

Na sequência repetiu as recomendações. Potrerillo – "trata de hacerlo de día para que puedas disfrutar de su color", disse ela, e Uspallata. Olhei no mapa e vi que passaria por ambos os lugares no caminho anteriormente traçado, que era o que me conduzia pelo litoral do Chile até cruzar o Paso Cristo Redentor, na direção de Mendoza. Como já era tarde e eu não tinha conseguido me decidir sobre o rumo, a mensagem foi como um lance de cara-ou-coroa. Decidi fazer o roteiro do Pacífico, que já estava pronto no GPS. Disse-lhe então que sim, que visitaria aqueles lugares todos e lhe contaria depois as minhas impressões de Potrerillo e Uspallata. Mas nem tudo saiu como planejado.

CAPÍTULO 23

Ao me despedir de San Pedro de Atacama o dia estava agradável e fresco. Saí pela manhã, já com saudades antecipadas da casinha de adobe. Tomei novamente o rumo de Calama e depois segui para Antofagasta, que visitei sem descer da moto, abandonando a ideia de lá passar o resto do dia e a noite. A cidade pareceu interessante, encravada entre a montanha e o Pacífico, e vi vários lugares onde deveria ser bom estar ao pôr do sol, para comer, beber e conversar. Seguramente, em outro tipo de viagem, teria ficado. Mas eu estava evitando as cidades, principalmente as grandes. E assim como não entraria em Mendoza, nem em Córdoba, ficando sempre em alguma vila dos arredores, também não me detive em Antofagasta. Segui para a pequena Taltal, duzentos quilômetros ao sul, não pela Panamericana, mas pela 710.

No cruzamento das duas rodovias, hesitei. Pela Panamericana, a dezessete quilômetros, chegaria à Mano del Desierto. Como voltaria para pegar a 710, seriam apenas 34 quilômetros de desvio. Mas a verdade é que de repente eu não estava mais com vontade de visitá-la.

A Mão é o destino motociclístico obrigatório naquelas paragens. Ir a San Pedro e não a visitar para uma foto seria, para quase todo mundo que conheço, inconcebível. E agora eu não queria ir vê-la? Num primeiro momento pensei que era porque chegar até lá marcaria o começo do fim da viagem. Mas logo vi que não era isso. Então seria porque talvez houvesse lá uma grande quantidade de outros viajantes, dissolvendo assim a singularidade da minha própria aventura? Não, também não era isso, intuí logo. Era mesmo por vaidade, pelo gosto do desafio de fazer algo improvável, inesperado, que afrontasse o senso comum. Percebi que eu talvez quisesse ignorar o ponto motociclístico mais desejado para depois me gabar indiretamente por ter tido a coragem ou a disposição de fazer isso: recusar a foto que todos gostavam de exibir. Sem troféus! Ao chegar ao entroncamento, porém, mudei de ideia, ou melhor, apenas peguei o rumo.

Conforme me aproximava, percebi que o lugar era de fato concorrido. Mas não como eu imaginava. Havia algumas motos pequenas, por certo das redondezas, e vários carros. Parei um pouco longe, para ter uma perspectiva em plano geral. Dali de onde estava, via a Mão de perfil. Em certo sentido, aquilo parecia um centro de peregrinação profana: alguns tiravam selfies, outros tocavam na Mão como quem toca uma imagem de santo, outros ficavam de longe, observando. Havia mesmo uma família que, ao lado do carro, montara uma mesinha e confraternizava ao sol. Ao perceberem a presença, dois rapazes que tiravam fotos na frente do monumento pararam e ficaram olhando na minha direção. Quando cheguei mais perto, percebi algo estranho no modo das pessoas. Era como se eu viesse preencher um vazio na paisagem. Estacionei não muito longe da escultura. Um homem que estava num dos carros se aproximou. Perguntou de que lugar do Brasil eu era. Contou que vinha da Bolívia e que, não fosse pela namorada, também teria vindo de moto, e se ofereceu para tirar uma foto minha, na frente do monumento. As pessoas à volta também olhavam e pareciam aguardar alguma coisa. Ocorreu-me então que as motos grandes faziam parte da paisagem, ou do ritual. Era domingo, mas curiosamente não havia nenhuma outra naquele momento. Não me pareceu despropositado imaginar que algumas daquelas pessoas vinham ali, nos dias de folga, justamente para ver as motos.

Agradeci e aceitei a oferta. Poderia ter feito um caminho direto, mas teria de passar junto às crianças que andavam à volta da mesinha. Por isso, fui por onde me pareceu mais seguro e mais interessante: saí pelo lado e circulei por trás da escultura, tendo assim uma vista menos usual, até encontrar o lugar adequado.

O boliviano tirou duas fotos. Uma de longe, outra mais de perto. Vi que ele olhava a moto com interesse e lhe perguntei se gostaria de ter uma foto com ela. Era o que ele esperava. Chamou a namorada, que não veio. Disse-lhe que podia subir, como se pilotasse, e ele o fez. Os dois rapazes da moto pequena se aproximaram. Também quiseram tirar cada um a sua foto. Pelo jeito, para eles o dia agora estava completo, com cada coisa em seu lugar. Outras pessoas olhavam de longe, algumas dando apenas alguns passos na nossa direção.

Tinha sido bom não passar reto, pensei, mas a visita não tinha sido grande coisa, afinal. Despedi-me, rodeei, por capricho, outra vez a escultura, e segui para a estrada.

Não andei muito.

O caminho que sai da rodovia Panamericana em direção ao monumento faz uma aproximação lateral. Quando se chega pela rodovia, a partir da Antofagasta, é possível vê-la de frente, ao longe, à direita, mas o acesso principal se faz por uma boa estrada de terra que nos leva à Mão pelo lado do polegar – afinal, é uma mão esquerda. Nesse sentido, a visão de mais perto é deceptiva, pois a proporção, a localização e o contraste da escultura com o ambiente ficam prejudicados.

Quando voltei ao asfalto, a sensação de que eu perdia algo se tornou mais forte. Por isso, tendo percorrido cerca de um quilômetro, parei num estacionamento. As rodovias do Chile possuem esse dispositivo amigável: de vez em quando, abre-se um espaço ao lado da estrada, onde se pode parar em segurança. Não há nada ali, a não ser o próprio espaço calçado. Nem banheiro, nem bancos ou mesinhas. Naquele, um carro de apoio da própria rodovia estava estacionado, a postos.

Parei a moto e desci, cumprimentando de longe o motorista e o seu acompanhante. A Mão agora parecia mais bem situada, talvez porque eu estivesse já despido da ansiedade e da dúvida. Olhando dali, ficava no nível da estrada, entre duas fileiras de colinas, que tampavam o horizonte. Na paisagem árida, parecia pequena, desde longe. Mas eu sabia a sua dimensão. Resolvi voltar, mas para ver melhor não segui para a entrada principal. Logo adiante do estacionamento, uma trilha deixava a Panamericana em direção à escultura. Não tinha marcas de ter sido recentemente usada, mas não parecia perigosa. Era apenas um caminho estreito, com pedras soltas, riscos de erosão e mínima areia, que atravessava uma depressão e conduzia à mão espalmada!

Segui por ali até me sentir tão distante do carro de apoio quanto do objetivo. Meu coração batia forte, pela dupla excitação da trilha e da visão. Atravessei a parte mais tensa do caminho e comecei a perceber melhor as linhas na palma. A grandiosidade que eu perdera se mostrava inteira. A Mão ficava afinal numa colina breve, atrás da qual se estendia um vale seco, semeado de pedras que subiam por um dos morros, enquanto o outro, maior, despido, exibia ainda linhas do degelo.

A vista agora era outra. A Mão se erguia, rompia a superfície aparentemente morta do deserto. Aquela colina era o resultado da força que, vindo desde o braço, por assim dizer, pressionava para cima.

160 ❧ PAULO FRANCHETTI

Eu sabia a dimensão precisa: onze metros. Mas onze metros ali eram pouca coisa. A grandeza real era o suposto e gigantesco corpo enterrado, que fazia aflorar apenas os dedos e a metade da palma.

Eu também sabia que o mesmo artista tinha feito, no Uruguai, uma escultura semelhante, antes dessa. Aquela era a Mão do Afogado. Esta, a Mão do Deserto. Para mim, era ali agora a Mão do Sepultado, mas não se tratava de um último gesto impotente, como a do Afogado, e sim um primeiro aceno. No entanto, o movimento não ansiava por nada além: não era um esforço de sair, era apenas um gesto que dizia "presente!", "aqui estou!", "aqui sempre eu estarei!".

Não continuei de moto, segui a pé. As botas no pedregulho faziam um ruído bom. Poucos carros passavam na estrada. Eu ouvia muito ao longe a voz aguda das crianças, mas quase não via nada, apenas o aceno no horizonte.

Eu não tinha tirado a mochila. Subi numa pequena duna, puxei a mangueira e bebi um pouco da água ainda fria. Então era isso? O Enterrado acenava, acolhia, sem nem querer nem precisar sair? Senti que eram muitas as mãos que assim me acenavam naquela: do meu pai, da minha mãe silenciosa, imóvel na cama, do meu avô arrastando a perna depois do derrame, da amiga que não chegou aos vinte e cinco...

Com as botas enfiadas na areia, sob o sol sem cor naquela hora do deserto, pesei a circunstância: naquele lugar improvável, que eu nem queria conhecer, encontrava mais uma vez, sem alarde e sem susto, algo que, sem saber, eu tinha vindo buscar.

Quando subi na moto, não olhei para trás. Apenas fui acompanhando pelo retrovisor o desenho mutável da paisagem, na qual a Mano del Desierto parecia agora dissolver-se, em harmonia e tranquilidade. No asfalto, acelerei, como reação instintiva de alegria, e tanto que, quando passei pelo estacionamento, com a roda dianteira um pouco erguida, me senti aliviado de ver que ainda estava lá o carro de apoio, sozinho, sem nenhuma viatura policial.

CAPÍTULO 24

A continuação da viagem não foi tranquila. Foi cansativa e sobretudo perigosa. Eu acreditava que iria continuar a cruzar uma paisagem como a que rodeava San Pedro, com o acrescentamento do oceano, à minha direita. Mas o que encontrei foi uma sucessão monótona de colinas nuas. O mais parecido com a imagem que fazemos do deserto: só areia, em morros e dunas grandes. A rodovia não costeava o oceano.

A presença do Pacífico, naquele trecho, se fazia sentir sobretudo pelo vento frio e forte. Somente pouco antes de Taltal, a estrada seguiria junto ao mar. De modo que me arrependi da decisão de tomar esse caminho, e lamentei não ter retornado pela Argentina.

Uma centena de quilômetros depois da Mano del Desierto, choveu. A região era evidentemente árida. A chuva devia ser rara. Não era forte e durou pouco. Mas era chuva. A sensação era estranha, porque o vento con-

163

tinuava frio, mas em alguns pontos parecia fazer calor.
E a chuva, por algum motivo, não parecia fria, parecia
meio morna.

Pouco adiante, porém, outra surpresa aguardava.
Vi de longe uma nuvem de areia, que cobria a pista. À
medida que me aproximava dela, parecia mais alta e mais
densa, mas não percebi que não se tratava apenas de uma
nuvem ou de um redemoinho erguendo-se no vento
que varria as dunas. Era uma tempestade. Por cerca de
trinta quilômetros, sucessivas pancadas de areia grossa
empurraram a moto para a esquerda, chicoteando-me
em velocidade e densidade variáveis.

Na parte pior, que deve ter durado uns dez quilômetros, não via quase nada. A estrada era boa, mas
a situação era horrível. O vento forte sacudia a moto
e fazia pesados grãos de areia chocarem-se contra o
capacete, produzindo um ruído semelhante à chuva de
verão, de gotas grossas. Ao mesmo tempo, uma poeira
fina se depositava sobre a viseira, sobre o para-brisa e
sobre a tela do GPS, de modo que eu pouco podia ver
além de vultos. Não podia erguer a viseira. Tinha de
a limpar seguidamente com a luva, o que dificultava
o controle do guidão. A estrada era apenas um desenho curto, desaparecendo poucos metros à frente do
para-brisa.

Foi preciso esforço para administrar o pânico. Eu só
sabia, e repetia para mim mesmo, que não podia parar.
Não resolveria nada e a tempestade não dava mostras

de que ia terminar. Além disso, havia trânsito. Grandes carretas passavam no sentido contrário. Muito devagar, mas passavam. E carros, e ônibus. Ficar no acostamento, praticamente invisível, não era uma opção, pois era provável que houvesse também trânsito para o sul, na faixa em que eu estava. Sem ver muita coisa, liguei o pisca alerta e os faróis de neblina e acelerei. Queria e precisava encontrar algum carro, por cujas luzes me guiaria quando a tempestade fosse mais fechada. Ficaria alinhado com uma roda e o movimento da lanterna me avisaria de algum imprevisto no caminho.

Quando finalmente encontrei um, me posicionei em relação a ele dessa forma e mantive distância prudente, sem jamais perdê-lo de vista. E fui seguindo, temendo apenas que algum veículo me abalroasse por trás. Portanto, quando um ônibus de turismo lentamente se aproximou, também com o pisca-alerta ligado, dei vários toques no freio, como para dizer "olha, estou aqui, cuidado!" Quando percebi que ele mantinha distância razoável, que tinha visto a moto, relaxei. E me mantive ali, naquele sanduíche de carro e ônibus, por um tempo que pareceu muito longo, até sair do pior pedaço, respirando devagar e mal, tossindo e espirrando na poeira, mesmo com boca e nariz cobertos pela balaclava.

No meio da nuvem de areia e do pânico, o calor era grande, embora o vento fosse frio. Mas quando, passada a tempestade, apanhei o desfiladeiro para descer, o vento se revelou de fato gelado e a temperatura rapidamente caiu, em poucos quilômetros, de 29° para 12° C, para de novo subir, já perto do litoral, a 16°.

Conforme me aproximava da escarpa do planalto o deserto ia se manchando de verde. Aqui e ali, a vegetação rasteira foi aparecendo e depois foi subindo as encostas da montanha. Quando se descortinou o mar, foi um deslumbre. Eu estava sobre o paredão, muitos metros acima do nível da água. Estacionei como pude e ia descer da moto, quando vi no acostamento um desses pequenos santuários que homenageiam os viajantes mortos. Dele partia uma estradinha, que tomei e me levou a uma capela. Ali parei a moto e caminhei até a beirada do mirante. Havia pouca névoa, então o horizonte marinho estava aberto. E lá embaixo, prensado entre a rodovia e o mar, o povoado de Paposo. Quando voltei à moto e comecei a descer, o verde a princípio se foi acentuando, nas curvas protegidas, para depois refluir, nas encostas rochosas castigadas pelo vento. Foi bom rodar à margem do oceano, no ar limpo, embora não fosse uma paisagem bonita. As pedras das margens, quebradas e revolvidas, mais pareciam entulho e o mar batia surdamente nas rochas escuras. Após alguns quilômetros, abriu-se uma praia pequena e simpática, mas ainda deserta, por causa do frio. Dela se originou uma bela ciclovia que sugeria o movimento do verão e que foi margeando a pista, em direção à cidade. Taltal apareceu, por fim, ao dobrar uma curva, como um verdadeiro oásis: céu limpo, enseada tranquila, boa temperatura, nenhuma poeira.

Mas era domingo, e por isso entrei numa cidade praticamente vazia, com tudo fechado, a ponto de ser difícil encontrar vinho e água mineral, e não havia nenhum lugar onde pudesse trocar dinheiro. Na pousada, não aceitavam dólares. Nem cartão. Tive de pagar pelo Booking. Eu tinha ainda um pouco de dinheiro chileno, mas não era suficiente sequer para a gasolina e eu não queria gastá-lo ali. Eu tinha sido pego desprevenido. Em San Pedro, as casas de câmbio se sucediam ao longo das ruas. Na Argentina, havia uma febre por dólares e era só abrir a boca que brotavam compradores, e até reais eram bem vindos. Mas naquela parte do Chile era diferente. Teria de trocar nos bancos. Tentei ainda o caixa eletrônico. Os cartões de crédito funcionaram normalmente para pagamentos, mas nenhum dos três que eu tinha levado me permitiu sacar dinheiro local.

Na segunda e na terça-feira, pensei, estaria em La Serena. Conseguiria trocar os dólares, com certeza. Por isso relaxei e fui passear, tomar uma cerveja na calma preguiçosa de um domingo à tarde numa pequena vila à beira-mar.

CAPÍTULO 25

No dia seguinte, saí cedo. A perspectiva era boa: eu continuaria pela Ruta del Desierto até La Serena, uma cidade de porte médio, onde seguramente eu poderia trocar dinheiro e passar outra noite agradável numa tranquila enseada do Pacífico.

O trecho de estrada após deixar Taltal era monótono. O deserto estava dos dois lados, pois a areia escura semeada de pedras ia ao encontro do mar. Piorou quando se afastou para o interior e somente após mais de cem quilômetros ficou interessante, ao se aproximar de novo do oceano em Chañaral, onde abasteci e renovei a mochila de água. Eu não podia me demorar, porque o destino ainda estava longe. Eu sabia que o dia ali caminharia rápido e eu precisava chegar a La Serena a tempo de encontrar um banco aberto, mas assim que deixei o posto de gasolina vi uma estrada de velho asfalto, que era já praticamente terra e que se dirigia na direção de um trecho de praia de areia branca. Não resisti. Era uma praia de verdade, e não uma fileira de pedras quebradas banhadas pelo mar. Se tivesse mais tempo, teria ido ali mesmo até a água, mas eu não queria sair da estrada e não ousaria cruzar de moto a faixa de areia, que era muito larga. Por isso fui seguindo pela pista, que prosseguia em direção a uma serra que parecia ir diminuindo até entrar na água. Andei devagar. A rodovia era boa e a paisagem era bela, combinando montanhas e blocos de pedra de um lado e orla arenosa, de outro.

Em certo ponto, tendo andando talvez dez ou quinze quilômetros, cheguei a uma enseada. Parei a moto e caminhei em direção ao mar. Na praia, grandes blocos de pedra bruta emergiam da areia branca, que depois ia predominando na direção da água, até se impor completamente. Ventava frio e forte, e a areia levantada castigava os olhos. Mas eu os mantinha abertos, olhando em toda direção.

Cheguei ali por acaso, contra a prudência que me mandava seguir diretamente para La Serena, mas foi um dos pontos mais belos e marcantes de todo o trajeto desde que parti de San Pedro de Atacama. E talvez me tenha impressionado mais porque era totalmente selvagem. Era possível de novo sentir a solidão.

Durante muito tempo eu tinha sonhado visitar o Chile. Sobretudo, a costa. Aprendi a maior parte do que sei de espanhol lendo Neruda, ouvindo-o declamar arrastadamente, numa espécie de choro ou lamúria, seus poemas apaixonados. Eu era muito jovem e durante certo tempo declamei seus versos com fervor. Muitos se fixaram na minha memória. Ou eu achava que sim. De dois, especialmente, eu me lembrei na viagem. "El viento de la noche gira en el cielo y canta / y tiritan, azules, los astros, a lo lejos" era o que eu esperava poder dizer em algum lugar do Atacama, mas a lua cheia frustrou a ocasião. Depois, quando, vindo da Mão, cheguei à falésia em Paposo, de onde se avista desde o alto o mar gelado, me ocorreram outros, que devo ter lido numa das muitas noites brancas, sonhando algo improvável: "allí vivimos mi mujer y yo / a medio mar y cerca del crepúsculo". Mas o mar imaginado, de pedra e sal, lá não me agradara tanto quanto agradava agora, naquele pedaço de areia, onde pude pôr a mão na água do Pacífico. Escrevi isso na caderneta, juntamente com a anotação irônica: "nenhuma ilha".

Ao redigir estas memórias, pela primeira vez me perguntei onde aquela estradinha ia dar. Pelo Google Maps, vi que cortava um parque nacional chamado Pan de Azúcar e que eu talvez pudesse ter vindo por ela, a partir de um ponto anterior da Ruta 5. Portanto, o prêmio inesperado da viagem sem destino também tinha sua parte de perda: tivesse planejado com mais atenção e talvez aquele trecho do caminho tivesse sido inteiro pela via secundária, à beira-mar. No mesmo movimento de ajudar a memória, fui buscar os versos de Neruda, para ter a certeza de que os transcreveria aqui na forma correta, mas vi que nenhum deles estava certo. Em ambos os casos – e não pude evitar a sugestão de que em muitos outros assuntos e circunstâncias se passa o mesmo –, eu tinha juntado versos de trechos diferentes dos poemas para compor algo que me parecia mais significativo. Para compor um arranjo que, confiado na memória, eu tomava por uma reprodução fiel. A verdade é que tinha vivido com eles dessa forma por décadas, e tão arraigados estavam, que apesar de os ter consultado há pouco mais de duas horas eles já se conformaram de novo na combinação que transcrevi. Portanto, apesar de Neruda nunca os ter juntado nessa ordem, continuarão assim dispostos, já que foi desse jeito que integraram esta minha história

De Chañaral segui direto por uns quinhentos quilômetros, sem sobressaltos nem nada digno de registro, exceto o usual, que é o melhor da viagem: o ronco da moto, a resposta no torque e na velocidade, a quentura boa que passava do motor aos pés, amenizando o frio, a obediência aos controles, a firmeza tranquila com que se deitava nas curvas. Aquela moto me encantava cada vez mais. Hora após hora, em velocidade alta ou baixa, experimentei os prazeres fiéis ao longo da viagem: constatar a sua força, admirar a sua leveza (mesmo tão carregada), acompanhar a radiografia em tempo real do organismo, fornecida no visor do GPS, e ver que tudo estava bem, confirmando a confiança que inspirava o ritmo perfeito e cadenciado dos dois grandes cilindros opostos.

Cheguei assim a La Serena, onde deveria pernoitar, mas não segui os planos. Sucede que não gostei da cidade. Depois da paz da minha cabana em San Pedro e da sossegada vila à beira-mar, a agitação me incomodou. Acresce que não encontrei, em todo o centro da cidade, nenhum lugar onde pudesse estacionar a moto para me dirigir a um banco e trocar dinheiro. A polícia local parecia especialmente atenta às motocicletas. Os poucos lugares reservados para elas estavam lotados e qualquer tentativa de excesso era imediatamente coibida com apitos ou mesmo gritos de advertência. Rodei várias vezes por ali, com a moto carregada, que não queria deixar longe da vista. Se fosse buscar um alojamento, já não pegaria os bancos funcionando e teria de esperar a hora em que abrissem as portas no dia seguinte. Ainda tentei parar num posto de gasolina. Perguntei ao frentista se, abastecendo, poderia deixar a moto por ali uns 10 ou 15 minutos. Ante a negativa rude, que eu não entendi se era mal educada ou apenas medrosa, desisti. Procurei em toda a zona central um lugar para parar, em vão. As vagas continuavam lotadas e a fiscalização não esmorecia. Logo passou a incomodar-me o ambiente de modo mais profundo. É que havia uma tensão no ar, uma rispidez no trato entre os próprios chilenos, no trânsito tenso, agressivo e ruidoso, e também comigo, quando buscava informação, que contrastava duramente com a calorosa amabilidade do norte da Argentina e com a atenção ao estrangeiro que eu tinha encontrado na região do Atacama.

Dei-me conta ali de algo que já vinha sentindo: do ponto de vista do espaço natural e da gente que lá vive, há uma enorme diferença entre a face ocidental e a face oriental dos Andes. Do lado ocidental, na parte norte é tudo muito agreste. É mesmo deserto hostil. O vento frio e forte que vem do Pacífico castiga as pedras e as dunas de areia. O solo serve apenas para o que faz a riqueza do Chile: a mineração. De fato, ao longo da estrada sucedem-se inúmeras minas em plena atividade, quase todas pertencentes a empresas com nomes estrangeiros. O que se vê é uma paisagem devastada, cuja esterilidade se acentua pela ação humana, materializada nas marcas de exploração da terra e no rastro e na fumaça dos grandes veículos de extração e transporte de minério. Do lado argentino, nas mesmas latitudes, a natureza é mais amena. Em certos pontos, quase bucólica. Há mais verde, mais água, menos vento. O deserto alterna com bosques e é semeado de oásis, e mesmo os rios de pequena vazão riscam os vales com a cor das suas margens.

É certo que estive no Chile numa época particularmente difícil para o país. Por isso talvez o que vi cruzando duas vezes os Andes foi uma exata correspondência entre, por um lado, o solo e o clima e, por outro, o ambiente humano. Ao longo dessa viagem – e também da que fiz quatro meses depois, com a Val, pelo sul dos dois países – os chilenos com quem interagi se revelaram, na maior parte das vezes, austeros e secos como o deserto meio gelado em que vivem, e desconfiados; já os argentinos,

tanto ao norte, quanto ao sul, foram quase sempre aco-
lhedores e festivos.

Por conta de tudo isso, e porque eu naquele momento, dominado por aquela impressão, queria logo retornar
à Argentina, não tive vontade de passar o resto da tarde e
a noite ali, em La Serena – cujo nome me soava inclusive
irônico no meio daquele trânsito e balbúrdia. Além de
tudo, se quisesse mesmo ficar, eu precisaria encontrar
primeiro um lugar mais afastado, para poder procurar
no celular e no GPS o alojamento. Para piorar, dentro da
cidade estava quente, especialmente com as roupas que
estava usando. Por isso, contra tudo o que seria razoável,
resolvi retornar à pista.

As consequências não foram boas, mas naquele
momento, por alguma razão, tudo o que eu queria era
andar de novo no vento frio do Pacífico.

CAPÍTULO 26

De Taltal a La Serena foram pouco mais de seiscentos quilômetros. Ainda era relativamente cedo quando tentava encontrar um lugar para parar e trocar dinheiro. De La Serena a Los Andes seriam mais 430 quilômetros. Decidi então ir seguindo. Se conseguisse chegar a Los Andes, ótimo. No dia seguinte entraria na Argentina, depois de subir os Caracoles. Se não conseguisse, pararia onde desse e depois continuaria.

O dia estava bonito e a temperatura na estrada estava de novo agradável. Ia passar bem perto de Santiago, mas não seria desta vez, pensava eu, que conheceria a capital.

Quando cheguei à saída que leva a Los Andes, começava a escurecer. Ainda havia luz, mas não havia sol. O movimento era intenso, mas a pista era boa. Comecei a subir, animado, pois estava bem próximo de Los Andes, não mais do que cinquenta quilômetros.

Foi então que aconteceu. A pista era simples. Eu fazia ultrapassagens com tranquilidade, porque o movimento pesado era de subida e não de descida. Numa curva suave, em média velocidade, perto de San Felipe, quando ultrapassei um caminhão e voltei para a faixa da direita, caí.

Não percebi na hora o que aconteceu. A roda traseira simplesmente fugiu para a esquerda. Deslizou sobre algo muito escorregadio, que eu não tinha visto. Lembro-me de ter pensado: estou caindo. Não havia nada que pudesse ter sido feito entre aquela percepção e o barulho apavorante da moto ralando as ferragens no chão. Como a minha velocidade não era grande e o caminhão estava subindo devagar, nem a moto saiu para a pista contrária, nem o caminhão a atropelou. Levantei-me atordoado e fui verificar se a moto, na queda, tinha invadido a outra faixa da estrada. Estava meio zonzo e logo fui amparado pelo motorista que tinha descido e corrido em minha direção. Seu ajudante puxou a roda traseira, de modo que ficasse mais livre ainda a pista da descida.

Minha primeira providência foi ver o estrago na moto, assim que a pusemos em pé. O motorista, preocupado, perguntava-me se estava bem. Apalpou-me os dois braços. "Tudo bem?", perguntava, "Tudo bem? Olhe pra mim!" Olhei para ele, estava tudo bem, disse. Olhei de novo à volta e vi o intercomunicador caído junto ao acostamento. Aparentemente, eu não tinha tido nenhum ferimento. O trânsito de subida estava todo parado.

Então agradeci muito ao motorista e ao seu ajudante e retomei a viagem.

Por experiência eu sabia que na hora não sentiria nada. Se houvesse alguma contusão, a dor viria quando a adrenalina baixasse e o local afetado esfriasse. Deviam faltar uns trinta quilômetros até Los Andes. Chegaria em menos de meia hora. Mas se sentisse algo diferente poderia parar já em San Felipe.

A uma primeira olhada, a moto tinha sofrido uma grande ralada no protetor do motor e no protetor da manopla direita. A mala tinha sido bem arranhada pelo chão, mas estava firme no lugar. O espelho tinha também raspado no asfalto e estava solto, mas não quebrado. E o guidão estava levemente torto, com o lado direito mais alto. Mas nada que impedisse a pilotagem.

Assim que andei um pouco, percebi um leve incômodo no pé, que não parecia grave. Segui alguns quilômetros bem devagar, prestando atenção no comportamento do corpo e da moto, até que o vento frio começou a incomodar e abaixei a queixeira do capacete, que eu tinha erguido para conversar com o motorista. Aí começaram os problemas: não havia viseira. Devia ter se soltado, assim como o intercomunicador, quando caí e bati a cabeça no chão e eu não dei por ela na semiobscuridade, com o nervosismo do momento.

Parei no acostamento e refleti: não conseguiria subir os Andes sem a viseira principal. O Shoei tinha uma boa viseira escura, que descia por dentro, mas além de ser inútil à noite, não me protegeria do frio ou da chuva. Eu não tinha ideia do que era a cidade de Los Andes, muito menos o que seria San Felipe. Mas imaginei que provavelmente não encontraria lá uma viseira. Então decidi voltar a Santiago.

Tinha escurecido e esfriado. E começou a garoar. Era o pior cenário. Quando retornei à rodovia 5, em alguns trechos abaixei a viseira escura, apenas para proteger os olhos, que lacrimejavam com o vento e o frio. Começava a chuviscar. Os óculos se embaçavam e se cobriam de gotículas. E o pé direito, já frio, começava a incomodar. Tentei afastar o pensamento de que estaria sangrando. Consegui colocá-lo sobre a pedaleira avançada e tirei os óculos, porque era melhor ver mal sem eles do que pior com eles. E assim fui até a entrada da cidade. Restava encontrar um hotel. Eu não tinha inserido a localização de nenhum no GPS, porque não queria mesmo entrar em Santiago. Num posto de serviço, já dentro da cidade, consegui fazer uma reserva e programar o endereço.

Era já noite fechada e chovia. Quando finalmente cheguei à garagem do hotel, encharcado, pois não tinha sequer pensado em parar e colocar proteção, enregelado e sem óculos, por pouco não terminei o dia com outro tombo, com o pneu traseiro escorregando no chão mo-lhado e liso.

Ainda no subsolo, acendi a lanterna do celular e conferi mais uma vez os estragos na moto. De fato, não eram graves. Quando entrei no quarto, conferi finalmente a mim mesmo. Foi um momento de relativo alívio na angústia. Minha bota trazia a marca do acidente, mas parecia ter sido suficientemente forte para impedir a quebra de algum osso do pé. Como usava meia grossa, por cima da meia de compressão, o dano parecia ter sido mesmo uma torcida do tornozelo, com o inchaço e o derrame de sangue decorrentes. A joelheira direita também tinha provado a utilidade: trazia asfalto na altura da rótula, que sem ela provavelmente estaria agora bem machucada. Eu usava uma proteção de base de coluna, e a marca na jaqueta mostrava que ali também o efeito desejado tinha sido produzido, pois eu nada tinha sentido. O mesmo no cotovelo, com a proteção da própria jaqueta e no meio das costas, onde a mochila de água e o protetor aguentaram o impacto, com prejuízo da primeira, que estava rasgada nas costuras. Uma pequena marca no capacete, por fim, atestava a batida no chão, que deslocara a viseira.

Afinal, o tombo não tinha sido tão leve quanto eu tinha sentido ou imaginado.

O pé era o que agora preocupava, pois a dor aumentava. O efeito do anticoagulante, que eu tinha tomado de manhã e teria de tomar de novo logo mais, se fez presente: uma mancha entre o vermelho e o roxo rapidamente começou a espalhar-se desde o tornozelo, invadindo a sola e caminhando para os dedos, pintando assim um quadro feio e preocupante. Mas eu mantinha o movimento normal das juntas e dos artelhos, o que me tranquilizou um pouco. Com o corpo já frio, entretanto, a dor começou a se tornar ainda mais forte.

A conselho de um amigo brasileiro que me orientou pelo WhatsApp, resolvi fazer banhos alternados. Pedi muito gelo à cozinha e aqueci bastante água na chaleira elétrica. Usei as latas de lixo do banheiro e do quarto como baldes, e passei várias horas, nesse dia e no outro, enfiando o pé machucado ora na água bem quente, ora na água em que boiava o gelo.

Na queda, a tela do celular, que já estava riscada, se partiu num canto. No dia seguinte, portanto, eu tinha dois objetivos: encontrar a viseira e consertar o celular. Conhecer Santiago seria um efeito colateral, pois ao que tudo indicava teria de ficar pelo menos outra noite ali, antes de poder subir na moto e voltar à Argentina.

CAPÍTULO 27

No dia seguinte, já descansado e um pouco menos dolorido, tentei usar o tênis. Inesperadamente, revelou-se bem menos confortável do que a bota. Talvez porque a bota, com meia grossa, funcionasse como uma espécie de tala.

Enquanto alternava os banhos de água gelada e água quente, na noite anterior, tinha feito uma relação de lojas onde poderia encontrar a viseira perdida. Assim, após o café, quando o comércio abriu, liguei para várias, das mais próximas às mais distantes.

Essa é outra vantagem de um equipamento de primeira linha: a possibilidade de encontrar uma peça de reposição é muito maior. De fato, uma hora depois voltava de Uber para o hotel, com ela em mãos. Apenas não consegui comprar o dispositivo antiembaçante, o *pin lock*, o que foi uma pena, porque desde logo imaginei que no resto da viagem, especialmente nos trechos com chuva, iria sofrer com a condensação na parte interna da viseira.

Em seguida, fui tratar da tela do celular no mercado central da cidade, onde passei boa parte do dia, enquanto o conserto era realizado, conversando com as pessoas e olhando as lojas.

Sempre de Uber, por conta do pé inchado, fiz dois tours pela cidade e seus pontos principais no centro, descendo aqui, tomando outro carro ali. Foram vários, porque evitei andar mais de uma ou duas quadras. E mancava bastante.

O que me chamou a atenção desde o primeiro Uber, que me levou à loja de capacetes, foi a reação dos motoristas quando passavam carabineiros, a polícia do Chile. Uns proferiam insultos entre dentes, outros apenas fechavam a cara ou gesticulavam abaixo da linha do painel, mas nenhum ficava indiferente. A um deles perguntei o que havia de errado com a polícia, se perseguiam os motoristas de Uber. Ele respondeu que não era isso. Os carabineiros eram desprezados e odiados pela população. E acrescentou: "Corruptos!" Perguntei o que queria dizer e ele disse que comiam de graça em todo lugar, e além de bons salários recebiam casa do governo. Acrescentou que as suas pensões por reforma eram as únicas decentes, num país sem aposentadoria digna. Por isso, explicou, ninguém os respeitava como seres humanos e eles então se impunham pela violência.

Outro motorista, quando passou uma viatura, exclamou também algo ofensivo. E a explicação foi a mesma. Como mencionasse as pensões, perguntei como funcionava isso no Chile. "Una mierda!", respondeu. Quem tinha pais velhos e vivos seguramente estava revoltado. As aposentadorias não davam sequer para comprar remédios. Contou que um amigo, que também fazia Uber depois do horário de trabalho, teve de trazer os pais para morar com ele, porque eles não tinham dinheiro sequer para o aluguel. Ele mesmo tinha um emprego noturno, mas trabalhava na Uber de dia para juntar dinheiro para eventualidades. A saúde aqui é caríssima, disse. E ele ainda não sabia como pagaria os estudos da filha.

No hotel, na loja de celulares, no restaurante do mercado, em toda parte o discurso sobre as aposentadorias baixas dos pais e dos avós, o custo de vida alto e os salários que não davam para uma vida digna se repetiu. A reclamação mais recorrente era a do alto custo dos remédios (o que eu mesmo tinha comprovado, ao comprar o que eu usava para o coração em San Pedro de Atacama) e da saúde em geral. Não ouvi muitas críticas ao governo, nos moldes das que fazemos no Brasil: corrupção, roubo descarado, privilégios. Só ouvi várias pessoas dizerem que o governo era para os ricos. Outras, que ele tinha vendido o país para os estrangeiros que exploravam as minas e a produção de peixe.

O clima geral me impressionou: era péssimo e de revolta. Mas não era para menos: foi justamente no dia em que passei por La Serena e sofri o acidente perto de Los Andes que começaram os protestos contra o governo.

186 ◆ PAULO FRANCHETTI

Assim, o dia 15, no qual conversei com tanta gente, era já o segundo dia.

Deixei o Chile no dia 16 de outubro, e daí em diante as notícias que ouvi foram cada vez piores, até o clímax, no dia 21, quando um milhão de pessoas saíram à rua. O que vi, ouvi e senti naqueles dois dias era suficiente para prever que a explosão era iminente, como registrei em mensagens aos amigos, escritas no calor da hora. Apenas ainda não era possível imaginar a extensão da tragédia: 36 mortos e mais de onze mil feridos pela polícia extremamente truculenta, contra a qual se dirigia o ódio concentrado ou difuso da população.

Quase quatro meses depois, quando voltamos ao Chile, pelo sul, pude estimar novamente o tamanho da ferida, que desde o golpe de 1973 parece sempre aberta ou prestes a supurar outra vez. Um rapaz se aproximou num posto de gasolina, puxando conversa sobre a moto, perguntando de onde vinha. Os protestos já tinham diminuído, pareciam até ter terminado. Perguntei-lhe se ali também a coisa tinha sido grave. Ele disse que não tanto, mas deveriam ter sido. E acrescentou de repente: "Nós dependemos do rio, sabe?" Para as lavouras, completou. E mesmo para a pesca. "Mas ele foi vendido! Tudo foi vendido", disse em seguida, fazendo um gesto largo. "Esta estrada é espanhola, mas pelo menos a gente pode andar por ela. E o rio? Agora venderam o nosso rio!" E contou que a empresa estrangeira que teria comprado o rio tinha feito ou estava fazendo uma barragem. A vazão agora era mínima. Não dava para usar a água na agricultura. Muito menos para pescar. "O nosso rio, entende? O governo vendeu o nosso rio!"

A impressão que trouxe do Chile, assim, contradiz o senso comum, de que aquele é um país que deu certo. O que vi no norte foi só desolação. Uma mina atrás da outra, ótimas estradas, grandes ferrovias. Mas nada mais, a não ser uma sucessão de povoados miseráveis. Aqui e ali, à beira-mar, uma ou outra cidade ou vila interessante: Calama, Antofagasta, Taltal, La Serena. E no sul, onde parecia haver menos pobreza da população, nada vi que me mostrasse ou sugerisse que estava num país quase de primeiro mundo, como às vezes se afirmava no Brasil.

O que me marcou, porém, foi que em parte alguma do Chile, nem nessa primeira viagem, nem na segunda, em fevereiro de 2020, senti-me tão bem como na Argentina. No país que já foi o de Neruda, ser recebido com um sorriso ou uma expressão positiva foi raro. Já a tensão, tanto em outubro quanto em fevereiro, mesmo em cidades pequenas, era muito sensível, era quase uma coisa física.

No mesmo dia em que eu vivenciava em Santiago a chama da revolta e do ódio na fala das pessoas, um amigo que fazia de moto o caminho para o Atacama me contou que tiveram problemas no Chaco. Sem-terra argentinos bloquearam a estrada. Fechavam-na por uma hora e liberavam por vinte minutos, e assim sucessivamente. Ele e os companheiros de viagem tinham ficado espantados

188 ❧ PAULO FRANCHETTI

porque a polícia nada fazia contra isso. E contou, entre indignado e divertido, que, pelo contrário, os policiais conversavam animadamente com os bloqueadores, tomavam mate, riam juntos e até se abraçavam, como numa festa.

Quando li isso no WhatsApp, naquela noite, de imediato me lembrei dos motoristas de Uber e dos carabineiros.

CAPÍTULO 28

O dia e a noite, entretanto, não transcorreram mal. O rapaz que consertou a tela do meu celular levou muito mais tempo do que o previsto. Sua tia, a dona da loja, sentindo-se na obrigação de me entreter, ficou contando histórias da família. Tinham vindo da Bolívia e viveram algum tempo no norte do Chile. Perguntei-lhe se era melhor em Santiago do que na sua terra e ela disse que sim, muito melhor, e passou a me contar o que havia de bom na cidade. Ouvi tudo com atenção. Não apenas porque era mesmo interessante, mas também porque isso lhe dava a sensação de ajudar o sobrinho talvez ainda inexperiente, contribuindo para evitar a fúria do freguês. Terminou por me recomendar um restaurante – um dos melhores da cidade, disse. Era do outro lado da rua, bem em frente à entrada do mercado.

Já era um pouco tarde, mas ainda serviam. Bem aconselhado, pedi, depois do ceviche, um prato de força:

machas, um molusco típico da região, servidas à parmegiana em sua concha. O efeito posterior não esteve à altura do sabor delicado, mas ajudou a preencher o tempo de espera pelo celular. E o mercado central dispunha de um banheiro bastante limpo e bem guarnecido, depois de umas escadas, no segundo piso. Não deixava de ser irônico, porém, que depois de comer em tantos barracos de beira de estrada, de aspecto duvidoso, na Argentina e no Chile, eu só tenha tido essa surpresa após um almoço num dos restaurantes tradicionais da capital chilena.

Quando o celular finalmente ficou pronto, tudo já se tinha resolvido. E pude mais uma vez manquitolar pela zona central, até a hora de pegar outro Uber e regressar ao hotel.

Era minha segunda e última noite em Santiago. Incomodava-me a percepção que eu estava tendo do país. Refleti sobre o que tinha visto e ouvido, tanto na capital quanto desde o deserto do norte. Um dos motoristas chegou a me dizer que o problema era a Constituição da ditadura, mas naquele momento não levei muito adiante a conversa política. Talvez devesse ter dado corda. Se o tivesse feito, talvez lhe tivesse contado como, no diretório acadêmico de uma faculdade no interior do Brasil, um grupo de jovens se ajuntou em volta de um grande rádio Transglobe de ondas curtas para ouvir as terríveis notícias do golpe contra Allende, que acompanhamos

A MÃO DO DESERTO ❧ 191

com horror até a confirmação do assassinato. Talvez lhe tivesse falado também da nossa comoção com o destino de Victor Jara... Por alguma razão, eu estava como que amortecido e não o fiz. Agora, porém, de volta à terapia do frio e do calor, enquanto buscava mais informações no celular sobre o que estava acontecendo, tudo isso surgiu com ímpeto dentro de mim e fez com que me sentisse até mesmo solidário com a tensão que só crescera desde que deixara a adormecida Taltal e viera para o sul.

Em certo momento, divagando sobre a viagem enquanto aguardava a água aquecer na chaleira, lembrei-me de La Mano del Desierto. Em seguida, enquanto alternava mais uma vez entre a água gelada e a água quente, além de obter informações objetivas, que interessaram menos, assisti no celular de tela nova a dois documentários com o artista que a criou. Chama-se Mario Irarrázabal. Tinha seguido a carreira religiosa, que foi interrompida pelo golpe militar. Preso, acusado de subversão a mando de Moscou, foi torturado no endereço mais soturno daqueles tempos: uma casa na frente da qual, depois da redemocratização, posou com um aspecto que dava bem a ideia de quanto lhe pesava a lembrança. Não vou repetir aqui o que é fácil de encontrar na internet. Houve, porém, algo que devo registrar porque fez parte da viagem, ainda que retroativamente, por assim dizer. Sucede que somente após a liberação de um documento secreto da CIA, ele ficou sabendo quais eram as acusações. Em fins de 2018. Foi então que tomou conhecimento também de que só não tinha sido fuzilado porque era de família conhecida e houve a decisiva intervenção de um bispo.

Ele conta isso num artigo publicado seis meses antes da minha viagem e ali repete algo que eu vira nos documentários: na sequência do trauma da tortura, ao recuperar-se, tinha produzido arte de intenção política, até fazer uma visita à Ilha de Páscoa e conhecer as grandes cabeças de pedra que encimavam os enormes corpos enterrados. Começaria, a partir dessa experiência, uma segunda fase. Ao que constava, já desvinculada da política: a fase monumental, a que pertencia a La Mano del Desierto. E foi só ao ler esse texto que me dei conta de que a escultura foi construída dois anos após o fim da ditadura.

Ouvindo e lendo a sua história pessoal, depois de sentir ao longo do dia os efeitos duradouros do desastre chileno, à comoção pessoal que me marcou em Antofagasta se acrescentou uma outra, mais coletiva: ela se erguia, aquela mão esquerda, do nada e no meio do nada, a partir de um suposto grande corpo que ainda jazia no fundo do deserto. Estou aqui, ela ainda me dizia. Mas já não eram agora apenas os meus mortos e a sua viva lembrança que falavam. Eram outros tantos enterrados, desconhecidos cuja vida se foi não por conta de velhice, de acidente ou de doença, mas sim tolhida, ainda cheia de seiva e ideal, de forma violenta.

O dia seguinte seria longo. Os passeios da tarde cobravam o seu preço. Eu começava a cabecear. Deitei-me enquanto mais um documentário terminava na pequena tela. Algumas palavras que tinha lido se agitavam e se engalfinhavam, dentro de mim, com alguma coisa que eu não queria me dizer.

A última lembrança foi uma declaração do escultor, que mal anotei na caderneta. "Como dice el Evangelio, uno tiene que aprender a perdonar, pero no es perdonar en el aire, sino entender el sentido de las cosas. Mi conclusión es que la capacidad humana para el bien y el mal son infinitas, que bajo ciertos ambientes y presiones puedes quebrarte y hacer las cosas más aberrantes".

Sei que adormeci sob o efeito dessas frases apaziguadoras. Mas não sei se sonhei ou se o que vou contar me ocorreu naqueles estados indistintos entre o sono e a vigília, quando a mente vence a barreira do dia ou da noite e a memória, solta, se vai espraiando lentamente como água limpa sobre areia branca, revolvendo aqui e ali detritos trazidos pela maré e preenchendo às cegas, entre as pedras cobertas de limo e de marisco, algum vão mais obscuro. A verdade é que me debati com essas palavras. Em algum momento, devo ter respondido a elas e a mim mesmo que nem sempre era possível descobrir e entender o sentido das coisas. Era muito provável que sequer houvesse um sentido último das coisas. Nem das mais terríveis, que estão além de nós, nem das mais banais e terrestres, em que a razão não triunfa, nem o instinto rege.

É certo que na solidão do deserto tinham rebrotado e florescido, em busca do alívio do perdão, as feridas da mágoa e a culpa corrosiva. Em muitos momentos, ao longo do caminho, eu senti que tinha perdoado. Mas eu tinha, sobretudo, implorado por perdão. O quê, de quê, por quê? Fraqueza, excessiva força, fuga, frustrações dolorosas, injustiças várias, cometidas ou sofridas, já sepultadas, fora do alcance da consciência desperta? Sim, talvez: a lista, se eu quisesse, poderia ser extensa. Mas eu tinha percebido que era tarefa vã tentar determinar o peso de cada sentimento e a proporção da mistura.

Enquanto me preparava lentamente para o dia, tentei dar conta do que parecia a conquista nova, e ela era isto: aquele emaranhado confuso de esperanças mortas e de enganos já não parecia capaz de me enredar. Ao menos não com a rapidez e a naturalidade anterior. Talvez fosse mais um desejo do que uma constatação. Mas se buscasse então uma imagem do momento, antes de me levantar da cama, aquele nó de velhas dores poderia talvez ser bem equiparado à toalha que eu tinha usado para enxugar os pés após o banho curativo, e que eu via agora, na luz fraca do amanhecer, enrolada no chão, quase seca, junto aos pés da cadeira.

CAPÍTULO 29

Embora o pé ainda incomodasse, sentia-o mais suportável sob a meia de pressão, a meia grossa e a bota bem fechada. Assim, dois dias depois do acidente, parti de Santiago.

Era já quarta-feira e a primeira vez que descia à garagem. Quando me aproximei, vi sobre o tanque uma folha de papel. Era um bilhete. Renan me dizia que era o dono da GS 310 que estava ao lado da minha moto. Ele trabalhava ali perto, ou no próprio hotel, já não me lembro. Perguntava-me até quando ficaria na cidade. No sábado, sairia uma caravana de motos para ir a uma vila chamada Lolol. Eu estava convidado, e ali estava seu número de WhatsApp. Lamentei não ter descido antes. Gostaria de ter agradecido a simpatia, embora no sábado já contasse estar em Córdoba ou Villa Carlos Paz. De qualquer forma, me fez bem a ideia de que se eu participasse daquele comboio provavelmente se desfaria a impressão de frieza com que deixava a cidade.

A garagem estava abafada. Assim que chegasse ao próximo destino, responderia. Não foi possível, porém: pus o bilhete na bolsa do tanque, mas numa parada para abastecer, depois de atravessar a fronteira, já não o encontrei. Devia ter voado numa das muitas vezes que abri a bolsa para uma barra de cereal ou para poder empunhar a câmera fotográfica. Até agora, portanto, tinha ficado devendo este agradecimento.

A subida pelos famosos Caracoles valeu a pena principalmente por conta das encostas cobertas de neve e das finas línguas brancas que delas desciam ou que emergiam bruscamente ao lado da estrada, contrastando agudamente, em cor e forma, com a terra marrom e as rochas nuas. Fui acompanhando as placas que numeravam as curvas, desviando dos caminhões que desciam, até chegar ao topo. Para quem foi à Serra do Rio do Rastro, os Caracoles não impressionam muito. Talvez se tivesse descido, em vez de subir, tivesse apreciado mais. Não que fossem desinteressantes. De forma alguma. Era gostoso ir subindo em curvas sucessivas, passando de tempos em tempos por partes cobertas, que devem ter sido pensadas para proteger os transeuntes de avalanches no inverno. Concluí que talvez não estivesse valorizando o cenário ou a estrada devido ao dissabor do pé machucado, que latejava quando em posição normal de pilotagem e só

A MÃO DO DESERTO ❧ 197

aliviava um pouco quando, erguido, repousasse sobre a pedaleira de descanso. E de fato, subir a serra com um pé no alto não era algo que deixasse espaço para a contemplação. Talvez fosse isso mesmo, porque assim que cruzei o Paso Los Libertadores, ou do Cristo Redentor, a tensão se aliviou. Não era mais necessária a concentração total na estrada, nem em curvas violentas e escorregadias. Mas a paisagem também ajudou a mudar o estado de espírito. Era ainda árida, mas de uma aridez diferente, numa geografia de deslumbramento.

Logo após a fronteira, o viajante se depara com a visão do rio Mendoza deslizando, magro e vagaroso, em curvas sucessivas no leito de um vale profundo. Uma gigantesca parede se ergue do lado oposto da estrada e por ela dá para imaginar e quase sentir o volume de água que por ali passava em tempos imemoriais. Tudo de repente se revela imenso, amplo, e quando se começa a descer, a sequência do trajeto não empalidece perante a primeira visão.

Havia ainda neve na encosta do lado chileno, mas do lado argentino parecia a estação correta, que era a primavera. Assim que fiz a travessia, parei e gravei um vídeo em homenagem ao amigo do qual me despedira no velório, no dia da partida. Porque tudo era passagem, e porque tudo era efêmero perante aquelas montanhas enormes, e eu estava feliz de ter vindo e poder lhe dedicar um pensamento num lugar como aquele.

Na sequência, me mantive na rodovia: não me desviei para ver mais de perto o Aconcágua. Não queria ter de caminhar muito, e no começo do ano seguinte planejava estar de volta. Naquele momento, aliás, não senti nenhuma pena por isso. É que a própria estrada é de uma beleza arrebatadora. Eu de fato não queria sair dela. Pareceu-me tão bela quanto a que eu percorri ao atravessar o Paso de Jama, mas profundamente diferente. Na descida para San Pedro de Atacama o que causa impacto é o aberto, o vasto: o altiplano rodeado de picos cobertos de neve. Nas imediações do Aconcágua, o viajante circula entre grandes montanhas, sem visão de horizonte. Aquelas enormes massas de terra e pedra, no entanto, não oprimem. É verdade que nos fazem perceber de outra maneira – por assim dizer, vertical, não mais horizontal – a imensidão. Mas dizer que ali a gente se sente pequeno é um lugar-comum, que banaliza além de não ser exato e, ao menos no meu caso, não dar conta da sensação. Porque não se trata de comparação, isto é, de a gente se sentir ínfimo frente às imensas montanhas. Não senti, em nenhum momento, opressão frente à grandiosidade. Pelo contrário, enquanto a moto ia percorrendo as curvas e desdobrando contornos surpreendentes dos picos arredondados e das encostas foi-se derramando dentro de mim, e me preenchendo, uma sensação profunda de alegria e de pertencimento àquela grandeza desmedida, eterna nas suas formas que pareciam intocadas.

Num ponto do caminho, bem abaixo, ao terminar uma curva vi dois motociclistas no acostamento do lado oposto da pista. Dois *harleyros*. Quando passei, ambos gritaram algo e agitaram os braços sobre a cabeça, como naquele exercício que se chama polichinelo. Buzinei e segui sem acenar, porque estava ainda inclinado e em alta, mas fiquei sem entender direito o gesto deles. Por isso, alguns quilômetros à frente, quando encontrei um lugar onde havia boa visibilidade, fiz o retorno.

Ao estacionar a moto, vieram correndo na minha direção. Perguntei se estava tudo bem, se precisavam de algo. Na verdade, me disse um deles, que era de uma cidade vizinha de Campinas, tinham se arrependido dos gestos quando me viram voltar. Não era nada, estava tudo bem. Mas estavam loucos com a paisagem, ouviram o ronco à distância, aguardaram a passagem. Ao verem surgir a moto, que saía da curva, não se contiveram. Daí a festa gestual que eu tinha suposto que poderia ter sido um pedido de socorro. De fato, o ponto em que tinham parado oferecia uma vista e tanto, que eu não tinha podido ver ao sair da curva, e também por isso foi bom que eu tivesse voltado e me juntado a eles.

Despedi-me dos brasileiros e segui embalado de novo pelas curvas das montanhas. A temperatura, entretanto, foi baixando muito, conforme me aproximava do destino do dia. A ponto de fazer apenas 6 graus na região de Uspallata, a cerca de 90 km de Mendoza. Por isso, e como o dia começasse a declinar, encontrando um lugar sem curvas e, portanto, mais seguro, parei no acostamento para pôr um agasalho sob a jaqueta e trocar as luvas. Olhando em redor, percebi um vulto mais adiante, no mesmo lado da pista. Parecia outra moto.

Quando me aproximei, vi que, sim, era outra moto, e um casal. A mulher estava em pé e parecia agarrada ao guidão; o homem estava sentado no chão, junto à roda traseira. Fui diminuindo e ao chegar bem perto fiz o sinal comum, perguntando se estava tudo bem. Era evidente que não estava, mas aguardei a resposta. Ela soltou uma das mãos do guidão e fez sinal de que não, não estava tudo bem. Então parei e aguardei. O rapaz veio até mim, andando meio cabisbaixo, e perguntou se eu falava inglês. "Talvez você possa me ajudar", disse ele.

Desci da moto e o acompanhei. Perguntei, no caminho, de onde vinham. "Da Inglaterra", respondeu. "Pelo Canadá", completou. Não fiz muitas perguntas, mas pensei que aquela moto deviam ter comprado nos Estados Unidos, pois a placa dizia West Virginia. Ambos deviam estar na casa dos trinta anos e pelo jeito estavam há meses, talvez anos, nessa aventura.

O problema era que o espaçador da corrente tinha quebrado e ela agora saía, pois a roda ficava bamba. Só então entendi melhor o que tinha visto: a mulher segurava o guidão porque a moto estava com o motor em cima de uma rocha, de modo que a traseira ficasse meio suspensa no ar.

Tentei estimar a dimensão do estrago, sem me ajoelhar ou me sentar no chão, porque o meu pé não me permitia ainda muita mobilidade. Mas havia tanta tralha sobre a moto – uma confusão de galões de gasolina, malas amarradas com cordas, sacos de plástico, colchonete de dormir, barraca, mochilas – que não consegui sequer ver a corrente. Na verdade, era até difícil de enxergar, daquele ângulo, a própria moto. Portanto tive de me sentar na areia ao lado dele para avaliar melhor o que tinha acontecido. "O que você pensa fazer?", perguntei-lhe, e ele me respondeu que estava considerando arrancar o outro espaçador e depois tirar alguns elos da corrente, até ela ficar esticada de novo. Perguntei-lhe se tinha ferramentas. Tinha duas chaves de fenda, um pequeno alicate e um conjunto de chaves de catraca. "Pode ser que você consiga fazer isso com essas ferramentas. Eu também tenho alguma coisa na moto com que poderia ajudar. Mas é trabalhoso. A gente vai morrer de frio aqui, se anoitecer." Ele então me disse que tinha tido uma ideia, mas não sabia como operacionalizar. Era colocar uma pedra no lugar do espaçador. Mas tinha de ser uma pedra muito dura, não como aquelas que havia ali, continuou. E se não amarrasse bem, ia cair. E me mostrou um pedaço de corda de nylon, com que já devia ter tentado. Concordei e lhe disse que parecia uma boa solução. Mas que tal se em vez da pedra usasse uma das chaves de catraca?

Ele gostou da ideia. Seu rosto se iluminou num sorriso, jogou fora o cigarro. Ela, por sua vez, ouvindo a conversa, se pôs a postos: voltou a agarrar-se ao guidão, para que ele pudesse mexer sossegado na roda traseira. Ele empurrou a roda com a perna, enfiou a chave no vão do espaçador e tentou amarrá-la com a cordinha. "Não vai funcionar – disse – a ferramenta é muito lisa, vai cair logo!" Respondi que era só prendê-la com uma fita Hellermann, em vez de usar aquele pedaço de corda. Ele não entendeu e me perguntou o que era isso. Eu não sabia então que em inglês o nome para o nosso popular enforca-gato é *wire conector*, nem tinha ideia de como dizer abraçadeira na língua dele. Então levantei-me, fui à minha moto e voltei com um feixe de fitas, uma dúzia das mais grossas. "Você tem dessas?" Não tinha, e eu fiquei me perguntando como alguém vinha do Canadá à Argentina, de moto, sem enforca-gato.

Sugeri-lhe que usasse uma chave maior, para mais firmeza. Enquanto a mulher segurava o volante, sentei--me no chão, dei-lhe uma fita e puxei a roda o máximo que pude, inclinando o corpo para trás. "*Perfect!*" Escutei o barulho do encaixe da chave. Em seguida, o ruído da fita Hellerman sendo fixada. Ele estava radiante.

Aproveitei que estava sentado para verificar o conserto. Quando me levantei dei-lhe o resto das fitas de presente. Ele estava agora mais animado. Ela também. Embora tímida e cansada, finalmente sorria, olhando para ele e para a moto.

"Tem algo mais que eu possa fazer por vocês?", perguntei. Ele agradeceu a ajuda que eu tinha dado, mas disse que sim, tinha algo mais: queria que eu os acompanhasse para o caso de o conserto não dar certo, pois nenhum deles falava espanhol.

Eu queria chegar cedo a Mendoza, ou melhor, a Godoy Cruz, onde ia ficar hospedado. Olhei o GPS, vi que faltavam uns 80 km, pensei "Vamos a 30 km/h, em três horas lá estaremos, se tudo correr bem" – e lhe disse que sim, que eu o seguiria.

De fato, ele começou a 30 km/h. Depois, ganhou confiança: 40, 50, 60, 70, 90. E ainda acelerou para passar um caminhão. Eu não o acompanhei na ultrapassagem, pois havia trânsito, mas calculei que tinha dado uns 110 na Kawasaki molambenta. Depois voltou a 90 km/h, certamente para não me deixar para trás, e assim fomos.

Eu sentia que sua confiança no enforca-gato crescia a cada quilômetro, porque variava bastante a velocidade, com alguns picos meio altos.

Num posto de polícia, o guarda nos parou. Foi até eles, que iam na frente, e não se entenderam. O guarda veio até mim e gritou: "Você também não fala espanhol?" – e sem esperar pela resposta, que poderia invalidar a segunda pergunta, engatou: "Para onde é que vocês vão?" Expliquei-lhe tudo, o encontro, a avaria, o conserto. E depois lhe perguntei: "O senhor já viu coisa tão mal arrumada como isso?" Ele olhou para a moto dos ingleses, abriu um sorriso largo, fez um gesto que parecia um avião bêbado tentando encontrar o pouso e disse: "Com esse vento, sem estabilidade!" Rimos e ele disse: "Pode dizer a ele que siga em frente. E boa sorte!"

Quando chegamos ao trevo de Mendoza, a surpresa. Eu estava certo de que entraríamos na cidade e já planejava usar o celular e o GPS para acompanhá-los à oficina mais próxima, mas o inglês pegou outro rumo. Estavam mais à frente e eu não podia alcançá-los, porque já tinham passado a minha entrada. Abanaram as mãos, na distância, em agradecimento, e lá se foram na direção sul. Eu até então não sabia que destino tinham, mas agora não parecia haver dúvida: estavam indo para o Ushuaia pela Ruta 40. Tinham portanto alguns milhares de quilômetros pela frente! Muitos deles, se fossem mesmo pela 40, de rípio! Sem acreditar no que via, só me ocorreu o velho ditado: a fé move montanhas; portanto, fazia sentido acreditar que a fé na fita Hellermann moveria aquela moto até o fim do mundo!

CAPÍTULO 30

Eu tinha idealizado a viagem para que fosse também (ou principalmente) uma viagem interior. Amigos no Brasil e na Argentina tinham recomendado muitas coisas em Mendoza: vinícolas, hotéis, tinham louvado o centro, a rua boêmia. Eu tinha lido sobre o peculiar sistema de irrigação das grandes árvores das ruas, bem como sobre a formação da cidade, sua origem nos operários italianos que tinham vindo trabalhar na ligação ferroviária com o Chile e que, depois de terminada a obra, lá ficaram, naquele assentamento, fazendo o que sabiam fazer na sua terra: o vinho, que depois tornaria a cidade famosa. Mas não seria dessa vez que a conheceria, nem mesmo em rápida passagem pelo centro. Reservei alojamento em Godoy Cruz, num lugar a cerca de 5 km de Mendoza Capital (como dizem). Não queria me distrair com os atrativos de uma cidade grande, na qual nem me sentiria à vontade para me mover de moto. De mais a mais, agora meu pé doía bastante. Seria bom ficar duas noites descansando, antes de continuar.

O apartamento que eu tinha reservado era na verdade uma casinha, que ficava parede-meia com outra, na qual morava a proprietária. Um muro separava as duas entradas, coberto de um arbusto repleto de flores vermelhas. Do lado da proprietária, o portão era grande, e dava para uma ampla área livre, onde eu deixaria a moto, enquanto lá ficasse.

Vista de fora, a minha parte da casa era charmosa, com suas paredes brancas, que pareciam recém-pintadas, e com suas largas janelas de vidro dando para a calçada e para o jardim interior, sobre as quais descia uma espécie de cortina de palha grossa, provavelmente para protegê-las do sol da manhã. Do outro lado da rua não havia casas, mas um extenso parque linear, dotado de uma ciclovia e de vários pontos de descanso, compostos por bancos sob colunatas.

Feliz com a sorte, toquei a campainha.

"Querido, desculpe meu aspecto! Seja muito bem vindo." Foi o que me disse Patrícia, a anfitriã, ao caminhar até o portão, trazendo uma espécie de tala sobre o abdome. Tinha tido uma queda, explicou.

Depois soube mais: era uma artista, recuperava e fazia intervenções em móveis antigos. O apartamento em que eu ficaria era prova disso, pois nele tudo estava composto de modo harmônico e significativo. Uma lesão no seu braço, entretanto, interrompeu o trabalho, pois tinha sido muito longa a recuperação da cirurgia do carpo. E também a havia abatido uma dor maior: a perda prematura de um filho. Ele tinha publicado um livro de poemas, antes de morrer, contou-me. Nada perguntei sobre a causa, mas disse que gostaria de ler o livro. "Não, é melhor não. Preserve a sua viagem. São poemas terrivelmente depressivos."

Não me disse tudo assim em sequência. Os assuntos foram surgindo enquanto ela comentava os móveis e me instruía sobre as instalações e aparelhos, mostrando-me, por fim, sobre a mesinha junto ao aquecedor, um prato de quitutes de boas-vindas. E nunca nada do que disse soou como queixa: aquilo vinha numa conversa natural.

Observei que as marcas dos sofrimentos estavam estampadas no corpo e no rosto, mas não no espírito, que continuava aberto, otimista mesmo.

Contou-me ainda que adorava os hóspedes brasileiros, porque eram alegres e conversadores. Conhecia algumas partes do país, mas sonhava conhecer a Bahia.

Tive pena, naquele dia e no seguinte, de não poder convidá-la para um chá. Mas o meu pé incomodava bastante e eu precisava repousar. Eu queria, entretanto, conhecer o bairro e gastaria nisso a minha quota de dor, ao caminhar. Mas sabia que ela seguramente não sairia à rua com a tala.

Aproveitando o finalzinho da tarde, seguindo indicações da Patrícia, fui a uma farmácia, em busca de unguento. E aproveitei para voltar também com uma garrafa de vinho e algo para comer.

Godoy Cruz parece ter sido um bom lugar para morar, com ruas largas e casas de arquitetura variada. Os sinais da longa crise argentina eram, porém, visíveis. Como é uma zona periférica, conurbada com a capital, a criminalidade aumentou nos últimos anos. Os comércios funcionam atrás de portas fechadas por grades. O dono da mercearia me disse que tinha sido assaltado com armas três vezes nos últimos cinco anos. Muitas casas lindas acrescentaram gradis que as desfiguram, embora a maior parte das residências continuem sem muro ou apenas com muros baixos. No que comungam, com ou sem grade, é no gosto pelas flores, que a gente encontra em grande quantidade a cada passo pela rua.

Dormi melhor aquela noite, e a tradicional pomada argentina indicada pela farmacêutica pareceu-me realmente boa. Assim como a garrafa de vinho, que me fez adormecer em paz, num sono sem sonhos.

No dia seguinte poupei o pé. Tomei notas dos dados de viagem, repousei bastante e só saí de moto, no final do dia, para uma cerveja num belo shopping a céu aberto, onde queria comprar também uma prenda.

Quando parti na direção de Córdoba, ao despedir-me de Patrícia dei-lhe a caixa de bombons. "Para a gordura!", disse ela, rindo com a simpatia que desde o primeiro momento se afirmara. "Não, para a alegria", respondi.

Deu-me um abraço apertado e recomendações de cuidado na estrada.

Assim que saí da cidade, parei para abastecer a moto e vi que havia uma mensagem de WhatsApp: "Sos muy bueno". Pensei comigo: não é verdade. Mas é verdade que as pessoas boas veem a própria bondade em toda parte.

CAPÍTULO 31

Tinha partido de Godoy Cruz com bom tempo e os dois dias seguintes também seriam de sol e boa temperatura. O projeto original era rumar para os arredores de Córdoba. Mas em Termas, Ingrid me falou de Villa Carlos Paz. Em Salta, Alejandro reforçou a indicação e também a do Camino de las Altas Cumbres, onde há um restaurante com um terraço no qual costumam aparecer condores. Embora tenham ambos mencionado Villa General Belgrano, desta vez não passei por lá. Segui para Carlos Paz, por San Luís e Río Cuarto, porque esse caminho embora fosse mais longo era mais rápido, e também porque, conversando com um frentista antes de decidir a rota, depois de perguntar sobre a moto e sobre a viagem, disse-me ele: "Olha, se vai para Carlos Paz não deixe de passar em Alta Gracia". Perguntei por que, e ele só me disse que era de lá e que havia um monumento muito lindo e que tinha certeza de que eu gostaria de ver. Perguntei que monumento era esse e ele apenas respondeu que era do tempo colonial, dos jesuítas, e que valia muito a pena.

O monumento de fato merecia o desvio: a residência jesuítica, que hoje é Patrimônio da Humanidade. E por causa dele, mas não só, Alta Gracia foi – pela simplicidade e pela placidez incrível, como se estivesse fora do tempo – uma experiência encantadora. Além de tudo, enquadrou-se perfeitamente no meu breve roteiro jesuítico, que incluía San Ignacio, na Argentina, e São Miguel da Missões, já no Brasil. Na parte argentina restaria, para o ano, visitar, já na cidade de Córdoba, a chamada Manzana Jesuítica. E, antes disso, as grandes ruínas paraguaias.

O Museu da Estância Jesuítica fica ao lado do Lago Tajamar, junto ao qual há uma torre que parece estar ali para que as pessoas possam fazer fotos memoráveis. No museu de recepção amável, o visitante recebe um cadeado e a indicação de um armário onde pode deixar pertences para caminhar mais desembaraçado pelo lugar, que nem é tão grande. Para mim, que trazia mochila de água, bolsa de tanque e jaqueta pesada e desajeitada para carregar, foi uma bênção. Assim, livre da carga e do peso, pude andar pelas salas do museu, explorar o pátio, descer e subir a escadaria da igreja e percorrer um pedaço da orla.

Era um bom lugar para relaxar. Por isso não tive pressa de retomar a viagem, nem vontade de explorar outras atrações da cidade (uma delas o Museu de Che Guevara). Apenas descansei ali da breve caminhada, primeiro num canto do largo pátio ao lado do museu e por fim num pequeno restaurante, de frente para o lago.

Meu alojamento em Carlos Paz foi um apartamento num edifício cuja entrada era por um shopping, bem no centro, com uma vista encantadora, desde a sacada, para o grande lago da cidade.

Passei ali duas noites, durante as quais tinha a impressão de estar em uma mini Las Vegas, com muitos cassinos de luzes brilhantes e com a sucessão animada de vários teatros, restaurantes, lojas, cafeterias e hotéis.

Embora tenha evitado nessa viagem locais lotados de turistas e me afastado de qualquer possível aglomeração, desse gostei muito. Ainda não sei bem por quê. Talvez porque fosse turismo exclusivamente local, sem cartazes em inglês, nem gente tentando puxar-me para dentro de lojas ou restaurantes? Pode ser isso, pois caminhei sem ser importunado em nenhum momento por vendedores ou cambistas pelas ruas, ouvindo apenas espanhol, vendo a alegria das pessoas, sentindo sua animação derramar-se pelas mesas espalhadas nas calçadas, agitar as lojas e lotar as salas dos teatros.

O motivo principal, porém, da parada em Carlos Paz não era o turismo noturno. Era andar de moto pelas serras. Tanto que não quis vir de Mendoza até ali pelas Altas Cumbres. Não só devido à sugestão do frentista, já que poderia ir a Alta Gracia a qualquer momento da estadia em Carlos Paz, mas principalmente porque achei que o melhor seria fazer o caminho alto e tortuoso não depois de mais 500 km de estrada, já cansado e apressado pelo cair da tarde, e sim pela manhã, tendo todo o tempo de que eu quisesse dispor.

E para lá fui, assim que o sol iluminou com força a janela do meu apartamento sobre o lago.

Era sábado e tanto no Camino de las Cien Curvas, de cujo mirador a visão do lago é ainda melhor do que a do apartamento onde me alojei, quanto no Camino de Las Altas Cumbres havia muitas motocicletas circulando. Em um ponto deste último percurso, numa curva com largo acostamento de onde se podia ver a extensão do vale, parei e caminhei até a borda. Um grupo de motos vinha subindo o caminho que eu fizera. Fiquei observando como evoluíam nas curvas, em comboio ordenado, até que desapareceram um momento, já bem perto, para depois surgirem na curva, a 300 metros de mim. Mas desde longe, o ronco denunciava: eram Harleys. Na sequência, vindo da direção contrária, começaram a aparecer, uma após outra, com outro ronco e outra velocidade, motos esportivas. O paredão atrás de mim, assim como o vale, parecia ressoar com o eco combinado de todos os motores.

Andei bastante pelas serras, visitando o parador do condor e rodando sem direção, ao sabor do chamado das estradas, pelas montanhas e pelos vales. No parador, encontrei um grupo de motociclistas de Córdoba. Como eu, esperaram em vão pelo condor. "Estou aqui há trinta anos e ainda não descobri o que os faz vir ou deixar de vir", disse o atendente do bar, irritado com as perguntas que lhe faziam. Mesmo sem condores, fiquei ali algum tempo, numa mesinha na varanda sobre a encosta da montanha, pois o café era tão bom quanto era bela a visão do vale.

Não sei bem os caminhos que segui a partir dali, mas lembro-me de que fui até Mina Clavero e, por fim, a Cura Brochero.

Quando o sol do meio-dia declinou, passei por vários restaurantes apinhados de motociclistas de todos os estilos, mas terminei por estacionar, depois de dezenas de curvas, em Potrero de Garay. É certo que gostei do aspecto do restaurante, que ficava não muito distante do lago, e mais ainda da sua esplanada, de onde se podia ver o amplo bosque e os pôneis que mais cedo tinham entretido as crianças; mas o escolhi principalmente porque era já tarde para almoço e ele estava quase vazio, o que me permitia evitar a multidão barulhenta dos motociclistas de final de semana. Além de tudo, meu pé continuava a incomodar um pouco e eu não queria que pudessem notar alguma dificuldade em manobrar ou caminhar. Tampouco queria estacionar a minha moto heroica, toda suja e ralada, ao lado das limpíssimas motos de garagem. Sobretudo, não queria dar ensejo a que puxassem o tipo de conversa que não me interessava ali, quando eu apenas queria ter mais tempo para aproveitar a tarde magnífica.

No dia seguinte pela manhã, parti com destino a Concordia. Minha inclinação era voltar por Rosario, mas ouvi um amigo brasileiro que me recomendou o caminho por Santa Fe. Desta vez arrependi-me de seguir a indicação, porque terminei rodando por estradas péssimas. Foram setecentos quilômetros, quinhentos deles sob chuva forte e temperatura entre 11° e 14° C. Como estavam duplicando a pista, havia desvios inumeráveis, uns por dentro de vilas, outros por estradas de terra, e em muitos lugares tive de cruzar grandes poças, que não pude evitar por conta do trânsito pesado. Atravessei-as tenso, confiando em que tivessem fundo e que ele não fosse de muito barro ou recoberto de pedras, praguejando quando um carro em sentido contrário lançava sobre mim um jato de água enlameada. Mesmo nos trechos calçados, não havia trégua: em vários pontos, o asfalto estava profundamente fresado, o que fazia com que a moto fosse puxada para lá e para cá, dançando no piso todo coberto de água.

O que tornou esse trecho particularmente difícil foi, porém, algo de minha responsabilidade: como não percebi que tinha caído a viseira no acidente a caminho de Los Andes, agora não tinha *pinlock*, o que significou rodar essas cinco horas sob a chuva e o frio com a viseira entreaberta, para evitar embaçamento.

Foi, portanto, exausto e encharcado, depois de mais de dez horas de estrada, que entrei, mancando um pouco mais, no saguão de um grande hotel, o primeiro que vi, na beira da rodovia, perto de Concordia. Era um quatro estrelas, mas eu não tinha alternativa. Chovia ainda. Quando finalmente entrei no chuveiro quente, ainda vestido para lavar as botas e a parte de baixo da calça, pensei que, se no dia seguinte fizesse sol, pegaria logo cedo a estrada. Caso contrário, teria um dia de rei, pois tinha visto já os horários da massagem e de funcionamento da jacuzzi.

CAPÍTULO 32

Nem tudo, porém, foi ruim nessa jornada. Alguma coisa aconteceu que, sopesando os eventos do dia, faz pender a balança para o lado positivo.

E foi que, quando saí de Villa Carlos Paz, evitei, como previsto, a cidade de Córdoba. Passado o contorno, entrei numa estação de serviço para abastecer e renovar a mochila de água. Quando saía da estrada, vi num descampado, separado do acesso ao posto por uma rua de terra, uma motocicleta com sidecar, no qual um casal parecia arrumar a bagagem. Embaixo da árvore, uma barraca de camping laranja se destacava na paisagem verde, bem como uma fieira de roupas penduradas em varais improvisados. Ao passar por eles, quase parando, cumprimentei-os com um aceno, que retribuíram, e me dirigi à bomba de combustível. Enquanto abastecia, vi que o frentista olhava de modo estranho para o casal do sidecar. "Quem são?", perguntei. "Uns ciganos", disse ele, torcendo o nariz. "Estão acampados aí."

Depois de abastecer, estacionei a moto na frente da cantina. Ao passar pelo rapaz, ao lado da bomba, senti que me olhava com expressão alarmada. Eu ainda não caminhava muito bem, então demorei um pouco para descer a rampa de acesso, atravessar a rua de terra, que estava molhada e lisa e, finalmente, vencer a pequena distância até o acampamento dos "ciganos". Assim que cheguei mais perto e minha intenção ficou clara, os dois deixaram o que faziam e se posicionaram ao lado do sidecar, sorrindo de modo encorajador.

A motocicleta era um espetáculo. Tinha um pequeno para-brisa, que estava coberto de adesivos, assim como uma parte do sidecar e do para-lama dianteiro. Uma BMW 1970, disse-me. Tinha sido do pai dele, que a comprara nova e ao longo do tempo só tinha necessitado, além de troca de platinados, a substituição de uma borracha aqui, disse ele, apontando para a parte de cima do carburador esquerdo. "Para eliminar um *pequeno* vazamento!", completou, frisando a palavra.

O sidecar era imenso. Parecia antes um barco. Na sua frente alta trazia lanternas, um par de faróis e, preso logo abaixo dos faróis, um pneu de reserva. Nas laterais, quatro galões vermelhos, cada um, calculei, com oito ou dez litros de gasolina. Na parte traseira, tinha ainda um pequeno espaço aberto de bagagem, que parecia ter sido um acrescentamento novo. Ele me explicou a função, mas na hora não compreendi, pois ele parecia muito animado de poder falar e o fazia rápido, em frases entrecortadas de risos.

O sidecar não era para transporte da passageira. Era para levar a casa deles, disse, fazendo um gesto que parecia abraçar a barraca, o fogareiro, as roupas estendidas e ainda o mais que ali houvesse. Vendo a sua expressão e ar de felicidade, senti que, de fato, aquilo tudo, incluindo a árvore, o posto de gasolina e a estrada era mesmo de alguma forma a casa deles.

Olhei com atenção e respeito aquela moto, que, além do sidecar ainda carregava uma grande mala traseira e outra grande mala lateral. Era uma venerável R 75. Um monumento, uma peça digna de museu. Ainda parecia sólida, apesar da pintura algo desgastada, mas tinha sofrido várias intervenções. A mais notável era o acrescentamento de uma mola envolvendo a parte superior do amortecedor direito, o que fazia supor que tinha tido ali um problema sério; outra, um reforço da estrutura geral, do lado esquerdo do motor: uma barra de ferro, soldada, ligando o chassis abaixo do banco do piloto ao protetor de motor, provavelmente para compensar a torção imposta pelo sidecar. Certamente, se tivesse prolongado o exame, teria podido ler com mais pormenores a história de uma vida. Apesar de tudo, o aspecto era de solidez e pensei que aquela moto os levaria para onde quisessem ir.

Só então, rodeando a moto por trás, reparei no mastro de bandeirolas, em que havia uma do Brasil e outra de seu país. Ele era venezuelano e ela era brasileira, de Belém do Pará. Fazia três anos que estavam na estrada. Perguntei para onde iam. Ele riu, apontou a moto e disse: "A volta ao mundo com um sidecar." Contaram-me que o seu destino imediato era o Ushuaia, onde ele arrumaria algum trabalho, e depois voltariam para o Brasil, onde também contava trabalhar uns meses. Depois, ou seguiriam para o México ou, mais provavelmente, cruzariam o oceano para a Guiné Equatorial.

Fiquei apalermado. Confesso que nunca tinha encontrado ninguém que sequer mencionasse em conversa a Guiné Equatorial, muito menos conhecido alguém que quisesse ir para lá, e de moto! E com um sidecar! A simples indicação dos destinos possíveis, como se fossem equivalentes em distância ou dificuldade, era chocante: México ou Guiné Equatorial! Eu tinha feito aquela pequena viagem, com orçamento garantido, moto de última geração, roupas adequadas, telefone celular, rastreador e todas as comodidades e garantias que pude conseguir. E em alguns momentos acredito que tenha sido ridiculamente vaidoso: que tenha me sentido corajoso, valente, quase um herói, por ter enfrentado algumas poucas centenas de quilômetros de rípio, ou um pequeno trecho de areia ou barro... E agora aquele casal alegre, gentil, há três anos na estrada numa moto antiga me oferecia um café, sob a árvore onde as roupas secavam nos varais. Compreendi como viajavam: iam até onde permitia a gasolina e a comida, então acampavam e ele buscava algum tipo de trabalho. Talvez ela também. Ficavam estacionados até terem nova provisão de combustível e dinheiro para o gasto diário. E seguiam adiante até o fim dos suprimentos.

Dei-lhes um adesivo, que ele imediatamente colou no sidecar, dizendo: "Vai para a África comigo". Filmei a cena da aplicação do adesivo e da despedida, mas não a parte em que se apresentaram e disseram o seu nome, de que lamentavelmente me esqueci.

No final da gravação, ela disse que era raro alguém parar para falar com eles, principalmente pessoas que andavam em motos como a minha. Não lhes acenavam, ao cruzar na estrada, e quando acontecia de estarem estacionados, como ali, sequer olhavam para eles, como se não existissem, como se eles também não fossem motociclistas. "Já não existe mais espírito motociclístico!", disse, com tristeza, e agradeceu-me por ter vindo. Na verdade, agradeceu especialmente a humildade que eu teria tido de me aproximar e conversar com eles... A humildade, ela disse – e ouvir isso foi a única pequena sombra que por momentos invadiu aquele encontro luminoso.

Quando nos despedimos, ele segurou a minha mão entre as suas e me disse que tivesse uma boa viagem. E que, se eles passassem perto de Campinas, certamente daria um jeito de me telefonar. Ela então me perguntou se queria mais café. Eu disse que não. Nos abraçamos. Que Deus me acompanhasse e me protegesse no caminho para casa.

CAPÍTULO 33

O dia amanheceu sem chuva em Concordia, então desisti da massagem e da jacuzzi. A desvantagem das roupas que trazem uma capa interior se revela nessas horas. Tinham sido eficientes para me proteger, mas agora ou eu usaria, sem necessidade, a capa interior da jaqueta, ou a vestiria molhada diretamente sobre a camisa.

Apesar do varal improvisado na frente do aparelho de ar-condicionado, estava ainda bastante úmida. A calça, de tecido mais fino, estava seca. Como a temperatura estivesse agradável, decidi seguir com a capa de chuva sob a jaqueta, até que a parte externa secasse e eu pudesse tirá-la.

Meu pé continuava incomodando. Durante o trecho ruim da estrada, não tinha podido erguê-lo à pedaleira de descanso. E como muitas vezes tive de pilotar em pé, agora era uma peça de três cores, pois uma parte já ficara amarelada, outra continuava vermelha e, finalmente, junto à sola e entre os dedos maiores, havia grandes manchas roxas, quase pretas.

Mancando levemente, arrumei a bagagem na moto e decidi entre as rotas e destinos possíveis. Eu queria terminar a viagem, no que diz respeito aos monumentos, em São Miguel das Missões. Completaria assim uma espécie de percurso em u, iniciado em San Ignacio e acrescentado pela surpresa de Alta Gracia.

De Concordia a São Miguel, entrando pela cidade de Getúlio Vargas, seriam seiscentos quilômetros. Eu poderia fazer o mesmo trajeto entrando por Uruguaiana, mas queria evitar a todo custo as péssimas estradas do Rio Grande do Sul. Seguindo pela Ruta14, a viagem foi tranquila, a alfândega estava deserta e por volta de meio-dia já estava em solo brasileiro.

Durante todo aquele percurso desde Santiago do Chile, meu pé absorveu a atenção, ao pilotar. Mas já há alguns dias tinha percebido que o guidão, com a queda, movera-se um pouco na direção do piloto. Daí vinha um incômodo, pensei, que não era apenas da posição pouco ergonômica do pé direito sobre a pedaleira alta. Devia ser esse deslocamento do guidão, além da altura maior da mão direita, por conta do empenamento, a origem de uma dor discreta, porém persistente, entre os meus ombros. Por isso, quando parei num posto, já depois de São Borja, fui à oficina, em busca de uma ferramenta que me permitisse regular aquilo. Eu tinha trazido uma chave para isso, mas ela agora estava inacessível, presa com massa epóxi no suporte quebrado da mala.

Antes de arrumar o guidão, inspecionei, por me lembrar da chave, o conserto improvisado. Com a lembrança do acidente, voltei a considerar os ralados nos protetores e no espelho e me ocorreu outra vez que eu tinha acertado: aquela era moto certa para essa viagem. Além de enfrentar muito bem os trechos de rípio, era extremamente resistente. Fosse a minha maravilhosa RT e a viagem teria terminado nas cercanias de Los Andes, pois com a queda se partiria o pisca, que era coberto pela carenagem, assim como o espelho e talvez outra parte qualquer da própria carenagem. O que seria decisivo, porém, é que com certeza teria perdido a grande mala lateral de fibra, que não teria como resistir ao impacto. A mala de alumínio que eu trazia, por outro lado, quase nada sofreu, exceto um desgaste forte na cantoneira de plástico e um risco na parte inferior pelo qual, sob a tinta, se podia ver o seu corpo prateado. Sequer o sistema de fixação na moto fora afetado, porque a mala deslizou sobre o asfalto e não tinha ficado enroscada no caminho, como ocorrera com a outra no tombo no areal.

Enquanto me distraía nessas comparações, em que também surgiu, como outro exemplo de resistência, a Ultra laranja que me esperava na garagem, fui soltando os parafusos e buscando a melhor posição do guidão. Quando dei a volta para subir na moto e conferir o alinhamento, percebi que um rapaz me observava a poucos metros de distância. Cumprimentei-o, ele tomou coragem e se aproximou. Perguntou-me se estava tudo bem, se algo estava quebrado, se ele podia ajudar em alguma coisa. Disse-lhe que não, que estava tudo bem, mas há uns dias tinha caído. E lhe mostrei os danos na lateral da moto, que, do lado de onde ele se aproximara, não tinha podido ver. Expliquei depois o que eu estava fazendo. "Onde foi que o senhor caiu?" No Chile, eu disse, começando a subir para Los Andes. "Depois do posto Copec, não foi?" Ele era caminhoneiro e tinha feito muitas viagens ao Chile. Os caminhões enchem o tanque para subir para o Passo do Cristo e com as curvas o óleo derrama na pista. "É como na Serra do Azeite", completou. "Tome muito cuidado lá!"

Sinceramente não me lembrava de nenhum posto Copec. Nem creio que ele estivesse falando da mesma estrada em que caí, porque nela não havia curvas tão acentuadas. Que era óleo na pista eu sabia, porque isso me disse o motorista que me socorreu. "Foi o óleo!", ele tinha gritado, enquanto me ajudava a erguer a moto. Mas eu não sabia qual era a Serra do Azeite. Ele me explicou que era para os lados de Curitiba, e eu o tranquilizei, dizendo que iria por Ponta Grossa.

Enquanto eu estava sentado na moto, testando o ajuste, continuamos a conversa. Ele contou então que cruzou várias vezes o Paso de Jama. Como eu disse que também passei por lá, me perguntou: "O senhor viu as Salinas Grandes?", respondi que sim. "O senhor sabe, nós, caminhoneiros, passamos por muitos lugares bonitos. Mas não podemos entrar."

Desci da moto. O guidão parecia tão bom quanto possível. Vi que ele queria mesmo saber das salinas. Pensei se lhe deveria descrever as grandes piscinas de água pura, azul e transparente, nas quais o céu sem nuvens se reflete. Se lhe devia descrever os cristais flutuando nelas, as delicadas flores do sal que o sol incendeia às vezes com reflexos de arco-íris. Deveria falar-lhe dos buracos abertos, por onde se vê a água profunda, ou das borbulhas que afloram quando vem à superfície, do fundo do mar salgado, um misterioso fluxo de água semidoce? Eram coisas que com certeza ele adoraria ver, e talvez se lastimasse por não ver, quando outra vez estivesse passando por lá, sem poder entrar.

Disse-lhe então apenas que o sal se juntava em grandes placas de formato irregular, duras como pedras, e que elas se soldavam umas nas outras por emendas de cor mais clara. Contei-lhe ainda que os indígenas administravam aquilo, cobrando uma taxa de entrada, e que a gente ia numa caminhonete com o guia, pois ele sabia evitar os trechos onde o sal era fino e podia se partir. Em suma – disse –, aquilo era um imenso deserto de sal, um deserto plano, a perder de vista.

Ainda conversamos um pouco sobre a moto, pois ele queria saber o básico: quantos km por litro, qual o tamanho do tanque, velocidade máxima... Sentindo que era hora, fui devolver a chave na oficina. Quando voltei, nos despedimos. Ele me estendeu a mão e disse efusivamente: "Foi muito bom conversar com o senhor. Muito obrigado por conversar comigo!" Não sabia o que responder, então lhe disse que eu é que tinha de lhe agradecer a informação sobre a Serra do Azeite, e também a companhia enquanto eu trabalhava na moto.

Na estrada, o dia estava lindo. Sem sinal de chuva. Eu tinha aproveitado a parada no posto e tirado o forro da jaqueta. Ela não estava ainda totalmente seca, mas com o calor que tinha começado a fazer a sensação era ótima. Liguei o piloto automático, ergui o pé machucado na pedaleira de descanso e deixei a moto deslizar.

Em certo ponto me lembrei da conversa e do tom agradecido. E isso me recordou aquela que tive com o casal do sidecar, acampado na Argentina.

CAPÍTULO 34

Em São Miguel, hospedei-me numa pousada bem ao lado das ruínas, que logo fui visitar. À noite, voltei a elas para assistir ao espetáculo de som e de luzes. Não vou descrever as sensações, porque repetiria o que disse quando da visita a San Ignacio Miní.

Depois do *show*, fui comer um lanche num bar a duas quadras da entrada. Ao voltar, passei outra vez na frente das ruínas, agora desertas e silenciosas. A temperatura tinha baixado incrivelmente. Fazia muito frio. Nem mesmo o gorro de pele que tinha trazido para enfrentar os Andes dava agora conforto. Mas não pude evitar ficar um tempo ali, andando o quanto foi possível ao lado do terreno da missão, tendo ainda na memória as palavras ouvidas, o diálogo entre a terra e a igreja, a narração do massacre, a repetição da história feita de ganância, saque e morte.

No meu quarto, repassando o roteiro, abri uma garrafinha que tinha trazido do hotel de Concordia, e consultei o tempo. A previsão era de um dia límpido, porém frio. Meu pé, que doía menos quando cheguei a São Miguel, pois tinha ficado a maior parte do tempo elevado na pedaleira de descanso, no caminho de volta à pousada tinha ameaçado voltar a incomodar. Mas agora, ali deitado e bem aquecido, com o calcanhar apoiado numa almofada alta, já nem o sentia mais. No dia seguinte, segui para Treze Tílias, sentindo que a viagem estava efetivamente no fim. Talvez por isso tentei alongá-la com essa parada de dois dias na pequena cidade tirolesa recomendada por um amigo que, para que eu não deixasse de ir, tinha inclusive conseguido uma reserva por um preço especial.

Treze Tílias é uma cidade turística, pequena e charmosa. Além de parques e ateliês de arte, possui esse hotel, situado no alto da colina, com uma vista ampla sobre o vale. Era ele o verdadeiro motivo do desvio, mas a cidadezinha foi um acrescentamento feliz.

Antes, porém, de me hospedar perguntei por uma loja de ferramentas. Havia uma, que era também de implementos agrícolas, do outro lado, junto ao posto de gasolina. Eu queria comprar apenas uma chave para substituir a que eu usara para consertar o encaixe da mala, mas terminei comprando uma bela caixa, que trazia um jogo completo, com catraca, chaves de pito, allen, de fenda e phillips. Era de fato muito linda, pequena e jeitosa, e só quem tem, como eu, a fixação por ferramentas que muitas vezes nem serão usadas pode imaginar a alegria com que, antes de rumar para o hotel, guardei-a na mala lateral.

A principal atração do hotel não eram as suas grandes piscinas, que eu tinha visto em fotos, nem os grandes parques, muito menos – no meu estado – as trilhas de montanha. O que me atraiu para lá foi o fato de que o hotel era também uma cervejaria.

As muitas variedades de chope eram de ótima qualidade, como meu amigo tinha dito e pude comprovar de imediato, assim que cheguei, pois fui direto ao bar. Entretanto, o que eu queria de fato experimentar era algo inusitado: um banho de cerveja.

No final da tarde do outro dia, depois de conhecer a cidade, o seu grande parque temático tirolês e as estradinhas das redondezas, entrei num ofurô, localizado numa salinha de madeira junto às piscinas aquecidas.

A graça do banho de imersão é que a cerveja vem direto dos tonéis de fermentação. A temperatura do líquido é alta e o cubículo fica logo muito quente e enevoado. Termina por ser mais ou menos como uma sauna, só que em vez do cheiro de eucalipto ou de pinho, a gente respira o odor inconfundível. O ofurô, por sua vez, lembra vagamente um gigantesco copo de cerveja, e a espuma, aumentada de tempos em tempos pelo dispositivo de hidromassagem, se dissipa lentamente em bolhas, com aquele marulho borbulhante que todo bebedor conhece.

Não é só o mergulho no louro líquido que torna aqueles 50 minutos inesquecíveis. Nisso tem responsabilidade decisiva uma torneira de chope. Posicionada junto ao ofurô, ao menor toque jorra para dentro de uma grande e bruta caneca de vidro um ótimo pilsen gelado.

A regra do divertimento é simples: durante o tempo contratado, o cliente pode cozinhar na cerveja quente o quanto suportar, e servir-se na torneira de tantas canecas quanto as que puder emborcar. É lícito também, imagino – já que não é explicitamente proibido – fazer o que fiz: despejar de vez em quando a caneca de chope gelado na cabeça, como alta contraposição ao calor do fundo.

Não sei exatamente quanto bebi, mas em certo momento me ocorreu massagear, dentro da cerveja o pé machucado. Deve ter sido por isso que, depois de umas quatro ou cinco canecas, já não o sentia. Como também não sentia o outro, que estava são.

Lembro-me ainda vagamente de que saí do ofurô diretamente para a piscina aquecida que ficava em frente, e de que já não estava seguro se mancava ou não. Por fim, horas depois, já recuperado do esforço do banho, percebi que estava no quarto e que tinha dormido além do horário do jantar. Pedi então um lanche, acompanhando de uma última e ótima IPA, e ceei sentado na sacada, olhando as luzes da cidadezinha adormecida.

No dia seguinte, recuperado da cabeça e do pé, parti para Ponta Grossa, numa viagem sem incidentes nem destaques: apenas o prazer de pilotar com confiança nas estradas boas. Não fui direto, porém. Passei antes pela fábrica das malas, na região de Curitiba, onde finalmente foi trocada a peça quebrada no tombo na areia.

CAPÍTULO 35

Fazia frio em Ponta Grossa, quando cheguei no meio da tarde. E garoava. Quando o dia caminhava para o fim e a temperatura despencou, pedi ao rapaz da portaria que liberasse a piscina aquecida. À medida que ele foi recolhendo num grande rolo a capa de lona, o vapor começou a subir da água quente.

Ao lado da piscina, uma Diana mais ou menos tosca olhava para o lado. Seus peitos pequenos estavam nus e eram a parte mais bem trabalhada do conjunto (dois cabritinhos gêmeos, diria um amigo possuído de erotismo bíblico), assim como as pernas que emergiam um pouco do drapejamento, naquela posição das esculturas clássicas em que os olhos descobrem e acompanham o movimento ascendente.

Assim que o rapaz se foi, mergulhei e nadei de um lado para o outro repetidamente. Com o movimento, o vapor se erguia mais. O ambiente era amplo. Mesmo

237

assim, quando a temperatura externa foi caindo, o manto branco foi subindo até o torso da estátua e dali de baixo, de dentro da água, eu não via muito das formas femininas.

Eu não tinha entrado na água dos gêiseres do Atacama, nem tinha me banhado na pileta em Kümelen. Só no ofurô de cerveja e agora na piscina adormecida, ignorado pelo olhar vazio da Diana de cimento. Flutuando de costas, sustentado por uma pequena prancha, olhava as traves do teto de metal e observava como o vapor ali se condensava em muitos pontos miúdos. Depois esses pontos iam se juntando em gotas. As gotas por fim engrossavam aos poucos, até que, pesadas, se desprendiam e caíam, como uma chuva fria, para se dissolverem na piscina quente. Divagando, lembrei-me de Sérgio Paraventi, um grande amigo de juventude, que não passou dos dezessete. "Quando a pele ainda ficava justa no corpo", escrevi alguns anos depois. Era pintor e gostava de se dizer filósofo. Numa das nossas noites de bebedeira dos quinze ou dezesseis anos, disse-me que tinha uma explicação para o fenômeno da vida. Ela era como um oceano que estava em toda parte, invisível e movente. Assim que a matéria conseguia uma organização superior, aspirava desse oceano uma gota grande ou pequena, conforme a espécie. E quando a matéria se desorganizava, na morte, o que sucedia era que essa gota voltava a dissolver-se no grande mar anônimo. Líamos naquele tempo muito e um pouco de tudo. Essa ideia e outras do tipo ele juntava no que ambiciosamente chamava de "meu sistema" e era por certo um mosaico de coisas díspares.

Num desses nossos debates, num feriado prolongado, como eu posasse de racionalista e lhe dissesse que a verdade dependia da análise e do entendimento dos fatos, Sérgio soltou seu riso alto e gordo e respondeu que não era nada assim, e que eu pensasse na vida... A gente não sabia nada sobre ela, portanto qualquer ideia, desde que não negasse sua existência ou fosse absurda, inclusive a dele, era igualmente verdadeira. Aliás, a própria vida, mesmo sendo a rigor incompreensível, era uma verdade, arrematou, erguendo mais um brinde a ela. Morreu numa noite daquele Carnaval. Tinham estacionado o carro na beira da represa e ali ficaram muito tempo juntos, contou a moça que estava com ele. Quando chegou a hora de voltarem, suado e cheio de calor, ele lhe disse que ia dar um último mergulho. Caminhou para a água, nadou um pouco e não voltou. Ela foi à sua procura e o encontrou boiando de bruços não muito longe da margem, num lugar que ainda dava pé para ela.

Em certo momento, saí e cruzei as franjas de névoa até a mesinha, onde o rapaz da portaria tinha deixado uma *longneck*. Enquanto caminhava, percebi que me sentia outra vez inteiro, em boa forma. O pé começava a clarear e quase não doía. Eu ainda mancava, mas de modo reflexo, não porque de fato incomodasse. Abri a cerveja e fiz um brinde silencioso à virgem e à viagem. Naquele momento, meu coração ronronava, como o motor da moto ao percorrer um trecho plano, em velocidade constante e em baixa rotação. Ao longo de todo o percurso, aliás, ele só tinha acelerado; não tinha rugido, nem soluçado ou falhado em descontrole. Quando voltei para um último mergulho, uma escorregadela me fez lembrar, pela dor aguda e repentina, do tombo perto de Los Andes. O pensamento que então me ocorreu foi que tinha sido um preço pequeno, era para agradecer. Sem refletir sobre isso, mas também sem descartar de todo a ideia, nadei de um lado para o outro até me cansar e garantir, assim, o sono da noite que avançava.

Na manhã seguinte, dia 25 de outubro, parti para Campinas e no meio da tarde desci da moto na garagem de casa. Teria ainda tempo de descansar um pouco, antes de ir, à noite, à festa de aniversário de um grupo motociclístico de que eu então fazia parte.

Não subi imediatamente ao apartamento. Deixei que primeiro tudo se acalmasse.

Em alguns minutos, enquanto caminhava carregado de malas, virei-me e olhei de novo para a moto estacionada. Era o fim da viagem. Eu tinha partido dali no dia primeiro. Foram, portanto, 25 dias e mais de onze mil quilômetros. Mas nem tudo estava terminado.

CAPÍTULO 36

Ao longo de toda a viagem, eu dependi daquela moto, da sua força, da sua confiabilidade. Nos trechos mais desertos, após algum apuro, cheguei mesmo a conversar com ela. Nenhum assunto complicado, claro. Mas um afago no tanque e uma exclamação do tipo "bela menina!", "que susto!", "ufa, chegamos!"

Tinha apreciado as suas formas contra os mais diversos cenários. Mais do que as paisagens, tinha sido sempre ela a estrela das fotos e dos vídeos.

Quando voltei, assim que entrei na garagem, para provocar os amigos postei uma foto em que me debruçava sobre o tanque e a beijava. Era uma provocação, mas também era um jeito, sem parecer ridículo, porque voluntariamente cômico, de celebrar e agradecer.

No velocímetro, a quilometragem para a revisão já tinha passado, mas eu ligara para a concessionária do meio do caminho e estava tudo bem. O que eu ultrapassara estava dentro da margem de tolerância.

Quando comprei essa moto, a única coisa que estranhei foi o ruído das válvulas. Cheguei a apelidá-la de Tratorzão, porque o barulho, com algum exagero, lembrava um motor diesel. Por isso, quando ela estava com cerca de 24000 km rodados, levei-a à concessionária e pedi que dessem um jeito naquilo, o que fizeram. Quando peguei a moto, dois dias depois, o seu motor estava redondo. O repique das válvulas tinha sumido por completo. Com 30000 km, antes de partir para o Atacama, fiz a revisão regular. A moto estava perfeita, preparada para a longa viagem. Estava, portanto, na hora de garantir que continuasse assim para a próxima.

Daí o susto, quando o mecânico me chamou à oficina, quase gaguejando e com expressão estranha. Suspeitei de imediato que ele teria detectado algum problema decorrente da queda.

Ao chegarmos à bancada, porém, ele me levou até o lado esquerdo da moto, o que na hora me deixou aliviado, pois o estrago do tombo era do lado direito. O cabeçote estava aberto e ele me disse: "Veja isto!", e puxou com os dedos uma parte que saiu inteira na sua mão. Era um pedaço de metal de uns dez centímetros de comprimento por uns três ou quatro de largura. Uma peça pesada, grossa. Uma das pontas, como me mostrou, estava partida e corroída, como se tivesse sido esmagada violentamente. "Sabe o que é isso?", perguntou. "É uma ferramenta para regular o comando de válvulas. Alguém a esqueceu aí na revisão dos 20000 km." Em seguida, colocou a peça corroída sobre a bancada e pôs ao lado uma ferramenta igual, porém perfeita. Também me apontou, na parte inferior do cabeçote, fragmentos da ferramenta destruída.

Olhei para os cacos de metal que ele tinha espalhado na palma da mão e em seguida para o cabeçote, para os tuchos de válvulas e para as correntes do comando. Eu tinha feito todo aquele percurso, tinha rodado todo aquele tempo com uma ferramenta semidestruída encaixada junto à válvula de admissão, com aqueles pedaços de metal sendo agitados pelo óleo que lubrificava as correntes do comando! E quanta limalha não deveria ter sido puxada para dentro do motor, onde aquele mesmo óleo circulava para banhar os discos de embreagem?

Foi um momento de pânico retrospectivo, por assim dizer, pois se um daqueles fragmentos maiores tivesse por azar entrado entre a corrente e a engrenagem do comando de válvulas, era provável que o motor tivesse travado. Se tivesse acontecido numa das retas do Chaco, quando andava a 180 km/h, o resultado não seria outro: a morte (ali ou em um hospital, se houvesse algum por perto). Lembrei-me, de enfiada, enquanto olhava alternadamente para a ferramenta, o cabeçote do motor e a limalha que o mecânico ia recolhendo, de várias situações adversas ou perigosas, nas estradas de rípio, nas estradas péssimas debaixo de chuva forte ou nas paragens agrestes e despovoadas. Assombrou-me especialmente aquele trecho com que abri estas memórias: a subida ao Cerro de Catorze Colores, na estradinha de terra e pedras, ladeada de grandes ribanceiras e precipícios gelados.

Enquanto me refazia do espanto, não raciocinei de modo correto. Apenas disse a ele que tinha feito a revisão de 30000 na outra loja da rede, antes da viagem para o Atacama. Como teria passado despercebido um problema tão grande? Explicou-me ele então que os cabeçotes só eram abertos a cada 20000 km. E que a de 20000, pelo manual, não tinha sido em nenhumas das duas lojas da rede. Na de 30000, concluiu, não confeririam as válvulas. Portanto, tinha sido na revisão de 20000 que um mecânico tinha esquecido ali a ferramenta. Por sinal, acrescentou, era difícil imaginar que ele não tivesse ouvido o barulho da ferramenta se partindo, quando ligou o motor. E mais difícil ainda imaginar que não tinha sequer dado pela falta dela, depois do serviço realizado.

Só então voltei inteiramente a mim, recompus os fatos corretamente na memória, e lhe disse o que ele não esperava ouvir: que o problema com certeza não tinha acontecido na revisão de 20000 km. E na sequência, enquanto ele me olhava com ar incrédulo, contei-lhe que, com cerca de 24000 km, tinha levado a moto, em garantia, à outra concessionária da rede para resolver um problema de barulho de válvulas justamente naquele cilindro, o esquerdo!

A MÃO DO DESERTO ❧ 245

Não preciso descrever, porque é fácil imaginar, o pânico que se manifestou no rosto dele. Nem a reação perplexa do gerente, quando foi chamado e consultou na minha frente o histórico da manutenção da moto no computador. Pediu-me então dois dias. Ia consultar a diretoria da empresa para encontrar uma solução. E eu, que contava voltar em poucas horas pilotando a minha moto para casa, deixei-a lá e fui, desconsolado, no carro da empresa até Campinas.

Dois ou três dias depois, o gerente ligou-me e voltei à concessionária. Disse que tinham constatado que de fato havia limalha dentro do bloco do motor e que a embreagem estava comprometida. Podiam fazer uma retífica completa, ou melhor, trocar tudo que estivesse danificado, e dar-me mais dois anos de garantia.

Eu adorava aquela motocicleta. Era linda, e era parte da minha história, naquele momento, como nenhuma outra, pois juntos tínhamos superado grandes contratempos e perigos. Ela ainda estava machucada, é certo, mas uma vez endireitado o guidão o resto era como cicatrizes que eu poderia manter como lembrança por alguns meses, antes de mandar consertar. Creio mesmo que se pedisse ao gerente, como compensação do erro brutal, que trocasse os protetores de motor, o espelho e o protetor da manopla, ele o faria. O motor e a embreagem poderiam ser plenamente restaurados, numa operação simples de troca de peças e de reajuste completo. E pronto: ainda rodaríamos por muito tempo!

Mas eu já estava, quanto aos danos físicos daquela viagem, recomposto, e tinha programado outras duas, logo no começo do ano de 2020. Uma mais breve, para o Paraguai, e outra, mais longa, até Bariloche. Não podia, portanto, esperar a chegada das peças e o tempo necessário à mão de obra. Além disso, como tinham esquecido uma ferramenta daquele tamanho dentro do cabeçote, fiquei cismado e pensei que talvez não sentisse no futuro plena confiança no reparo que me ofereciam. Então recusei.

A proposta seguinte foi que me dariam uma motocicleta igual, apenas de outra cor, um ano mais nova. Vinha já com o novo visor digital colorido e era igualmente rebaixada. Tinha, além disso, menos da metade da quilometragem da minha. Eu teria de voltar algum dinheiro, mas ofereciam contrapartidas em serviços e um valor bastante alto na minha moto danificada pelo tombo. O negócio, bem pesadas as possibilidades do momento, era vantajoso, pois imagino que queriam a todo custo evitar um escândalo. Sabia que poderia conseguir mais, talvez, movendo uma ação contra a empresa. Mas, ainda que fosse vitoriosa essa ação, ela seguramente demoraria mais do que eu estava disposto a esperar.

Considerando todas essas variáveis, aceitei a compensação da troca. Mas foi com alguma dor no peito que selei o acordo. Não porque a que eu receberia me desagradasse. Era uma Triple Black. Não tão bonita, para o meu gosto, quanto a vermelha que eu tinha pilotado até uma semana atrás, mas muito elegante, sóbria e imponente. Apenas porque eu gostava muito da cor da outra (era minha quarta moto vermelha), e principalmente por conta do que ela representava para mim, depois de tantos dias em que foi a companheira e a alegria mais constante. Agora, inclusive, de uma forma irracional, porém sincera, eu me sentia além de agradecido devedor, pois mesmo com um pedaço de ferro moído nas entranhas e sofrendo duas quedas, ela não me deixara na mão. Mas era o que tinha de ser feito.

Alguns dias depois, com um sentimento misto de alívio e de tristeza pilotei pela primeira vez a nova motocicleta, no caminho para casa.

Agora, decorrido mais de um ano, e depois de a ter equipado com novos acessórios, sinto que a Triple Black é a minha moto. Mas de vez em quando, como agora, por exemplo, penso que preferiria estar ainda com a outra. Principalmente quando a vejo nas fotos contra os vulcões esbranquiçados do Chile, ou à margem de alguma estrada, tendo por fundo um grupo de llamas ou algum dos muitos lugares cujo nome nunca me ocorreu.

AGRADECIMENTOS

A Plinio Martins Filho, que foi o primeiro leitor deste relato, pela generosa iniciativa de publicá-lo. A Alcir Pécora, pela leitura crítica e considerações decisivas para a forma final deste livro. A Ricardo Lima, pelas várias sugestões de ajustes.

Título	A Mão do Deserto
Autor	Paulo Franchetti
Editor	Plinio Martins Filho
Produção editorial	Aline Sato
Capa	Gustavo Piqueira / Casa Rex
Fotos das 2ª e 3ª capas	Paulo Franchetti
Editoração eletrônica	Aline Sato
	Juliana de Araújo
Formato	12 × 21 cm
Tipologia	Minion Pro
Papel do miolo	Chambril Avena 80 g/m²
Papel da capa	Cartão Supremo 250 g/m²
Número de páginas	256
Impressão e acabamento	Lis Gráfica